낙남정간을 읽다

실천시집선 309
낙남정간을 읽다

2023년 11월 20일 1판 1쇄 찍음
2023년 11월 30일 1판 1쇄 펴냄

지은이 김보한
펴낸이·편집장 윤한룡
디자인 윤려하
관리·영업 이소연
홍보 고 우

펴낸곳 (주)실천문학
등록 10-1221호(1995.10.26)
주소 남양주시 퇴계원읍 퇴계원로 52 405호
전화 02-322-2161~3
팩스 02-322-2166
홈페이지 www.silcheon.com

이 책은 경남문화예술진흥원의 문화예술지원을 보조받아 발간되었습니다.

ISBN 978-89-392-3143-6 03810

낙남정간을 읽다

김보한

309

실천문학사

제 1 부

제2부

제3부

제4부

제 1 부

낙남정간

백두대간은 1대간이고 2정간(장백정간, 낙남정간)이며 12정맥이라네요. 『여지편람(연대 작자 미상)』의 산경표 산경16페이지 뒷면과 산경18페이지 앞면에 그 예전부터도 명백했다나요. 근자에 발견된 산경표 초기 필사본*에도 일관되게 낙남정간으로 표기라네요. 그래서 나도 낙남정맥은 아니고 낙남정간落南正幹이 맞는다고 박수치며 노래합니다요

낙남은 정간이네요. 영신봉에서 남부능선을 받들어 동남쪽으로 방향을 잡데요. 하동의 천왕봉에 올라 보네 옥정리 거쳐 사천의 원전고개를 만나자 좌측에 훤한 진양호 호수 품마저 드넓데요. 사천의 돌장고개 들썩들썩 하데요 그곳에서도 동쪽으로 발길질에 바빴네요. 연이어 고성군 대가면 무량산이 어서 오시게 오시게 하며 얼싸안데요. 함안군 여항면 여항산과도 악수하고 무작정 흘러 무학산 닿자 가슴 봉긋 했네요. 옆 동네 창원시 용지봉 그 옆 동네 김해시 황새봉 있데요 같은 동네 신어산 연이어 동신어산에서 여장을

* 2021.4.24. 글로벌뉴스통신

풀고 몸을 다독였어요

낙남정간 길은 예전엔 영신봉에서 김해 분성산盆城山에 이르는 산줄기의 옛 이름이었으나 요즘에는 낙동강 하류 고암나루까지로 야단들이데요

영신봉*

지순至純한 영신靈神은 엎드린 혼성암과 편마암 봉으로 하늘에 우러르니 이상은 곧은 기상이요 현실은 낙남정간의 시발점이네

마루금이 거대한 백두대간 지리智異의 자리 터에서 옆에 우뚝한 촛대봉과 세석을 품고 멀리 청학도 앉히고 가까이 거림골 대성계곡 한신계곡 자빠진 골의 운무도 여기 도열시켜 천왕봉으로 속히 속히 보내오, 예사롭지 않은 탄생의 설렘으로 분홍빛이었네

천왕봉 산하에 엎혀 속세 땟자국 씻고 모성의 춤사위에 취해 때맞춰 천둥 울고 불비 바람 닿자 번개 뇌성 속에 탄생이었네, 그제야 공존하던 그날 주위의 갈등 끝에 칠선봉 삼각고지 촛대봉이 영신봉을 주홍색의 이상향으로 우쭐우쭐 헹가래 치자 훨훨 날갯짓이네, 낙남의 이름 앞에 이웃들 어깨 얽어매고 열화와 같은 축하세례네

---

* 경상남도 화개면(하동군), 마천면(함양군), 시천면(산청군)에 걸쳐있는 산, 1,651.9m. 낙남정간의 출발점.

촛대봉

길길이 날뛰며 분기등천하는 자 있으면 펑펑 눈이 눈을 가리는 날 세석산장에서 가파르기 자랑 으뜸인 촛대봉 길 오르라 하데요. 눈이 앞을 가려 촛대봉 바람도 겨운 날, 와서 촛대봉 끝부분에서 남사면 거림계곡을 눈여겨 뇌리에 두고 두말없이 당차게 직선 코스를 잡으라 하데요. 골짜기 도장골 흔적도 지운 폭설이 덮인 눈밭을 밟고 하산길로 채찍질을 해 보시라 그러데요. 자칫 가슴까지 빠지는 혹한기 겨운 날에 네 거룩한 육신은 파묻혀 한갓 지푸라기 꼴일 것을, 눈앞에 거림골 뻔한 것 같아도 네 한 생명 부지하고자 사생결단을 해야 만날 것, 한때 혈기 젊은 몸뚱이 목숨을 밑천 삼아 스틱도 내팽개치고 지척도 분간 못할 빛나리 촛대봉 하산길이었다오. 생 소름 끼치는 기기괴괴 그날의 자충수 생생하네요

세석평원

어김없이 5월 초 세석평원은 머무는 꽃샘추위에 몸살을 앓더래요. 진달래는 남몰래 꽃봉오리를 너도나도 막막 터뜨려 대고 철쭉은 이제야 물이 막 차오른 듯 생기를 머금어 꽃분이네를 아시나요 하며 교태를 부릴 준비에 한창이더래요. 지천에 촉이 오른 새순으로 속삭대는 여운을 들어서 아시나요 그래요 여신의 산이라는 지리산은 어쩌면 이맘때쯤 늦겨울과 혼숙에 흠뻑 젖어 설레더래요 이른 봄이길 갈망한 세석평원인지라 이까짓 냉기쯤이야 아랑곳하지 않고 이 앙다물고 보란 듯 참꽃 냄새를 흩날리고 있더군요. 따뜻한 남녘 땅에서는 눈 씻고도 볼 수 없는 잊힌 계절 떠나보낸 역사의 한 장을 역력히 맛볼 수 있더래요. 섬의 틈바구니 축제의 무대에도 철쭉꽃은 절정의 끝 간 데쯤에서 시들고 있을 텐데 세석평원은 수 주일이 지나서야 색채 짙은 꽃자리 터로 치장하게 될 거예요. 이날 세석평원은 새침데기로 이른 전생의 봄바람만을 간간이 간질이고 있더래요

음양수에 감기다

산세의 음극은 양극과 아옹다옹 음양수를 낳았다네 쓰다듬는 안개돌이의 길목에서 물안개드레스를 간간이 덮어 주고 있네, 눈물샘의 눈물은 골짝 숲길을 빠져나가 각별한 영상도 농축된 옛 사연도 견고한 광장 위에서 축음기로 막막 풀리네

날 새노라 앉았노라면 옹달샘 용솟음이 해맑은 옹알이로 조잘대고 지난했던 울림들을 귀살푸시 들을 수 있다오, 삭혀보시게 통한의 쓰라린 애간장도 이젠 도닥도닥 달래지고 있고 숱한 세석산장 돌아든 실존의 개념들도 곰삭아 옛 정취를 하나씩 양각시켜 조명빌을 빋고 있다오, 쌍쌍이 맺은 백 년 언약 선경의 길도 호롱불 밝혀 주네요

예전 원시림 남부능선의 가시덤불 앞에서 수월하기만을 빌었네 산신의 공덕에 눈살피는 뭇짐승들 눈구멍 건안하기만을 다독였네, 통일신라시대 고승 도선국사와 동행하고서 합장했다네 백골로 묻힌 귀기鬼氣들의 복장 치는 그 눈빛마저 감기데요

남부능선에 짖다

신활력 기氣코스로서 산 능선을 요령껏 굴려야 청학동 들머리를 닿는다 하데 용케도 섯었던 미로는 황당하고 낯설었네. 밀림의 남부능선을 뚫는 옛적 방식은 동물 오솔길로 제격이었네

청학동 나무꾼 출신은 능선에 점괘를 놓고 빨치산답게 앞을 헤치데 뒤따랐네. 미로를 뚫는 그날 할퀴고 긁힌 남부군이 얼추 다 되었네 청학동 머리 곱다시 땋은 총각을 떠올리며 앞길 뚫기에 몰두했다오 신선했네 한 번 든 길 물릴 수 없다는 게 뇌리에 박히데. 한 짐의 배낭은 꽉 막힌 나쁜 액운을 쫓는 데 한몫을 한다네

종내 설쳐대었으나 잡목림의 끝 간 데는 종잡을 수 없었다네. 해질 늦을 막에야 자잘한 한 평 늪지대를 품었소 어림짐작 좌표를 찍고 찍어 한벗샘이네 지질한 흙탕물에 쌀 씻고 목축였네 바로 성수聖水가 게서 반겼다네

한벗샘

낮에는 새떼 목욕하고 땅거미 내려앉자 산돼지 목축이던 예서 일박 청하시라 짜잔한 비박터 앉혔네요 자빠진 골 너덜경의 폭포에서 바람 한 움큼 밀어 올리오 차곡차곡 쌓아올린 은하의 별무리 가차와지는 오목지대 갈증을 축이시라 행장을 푸시라 하네, 엎드려 손사래질하는 남부능선 중간기착지 검푸른 녹음 안쓰러운 해갈도 샛노랗게 젖은 꿈속에 드네, 두루뭉술 한껏 어우러진 벗샘이오 마법의 실타래를 풀었다가 감았다가 뒤채는 야밤이네 마알갛게 산길마저 눈앞에서 꿈같이 흔들리네, 그리운 그대들은 몸단장을 앞섶을 여미네 종일 입 맞추고 누추한 영혼들 꿋꿋이 버티고 있네 피로를 푸네 따사로운 품이오, 절실한 뭇별들을 머리맡에 각별하게 놓았네 우주의 친근한 교신을 가까이서 만났다네, 유년의 샛별을 가슴께 모처럼 얼러 앉혔네

법우스님과 천왕할미

비나 비나이다 불제자 법우法雨스님 입산하여 천연동굴에서 손발 나 닳도록 지리산 산신 천왕할미께 간청 하나이다 지리산 성모님을 사모하나이다

저맘때쯤 마고 할멈은 늙은 할민데요 또 이맘때쯤 신통술로 빰은 복사꽃에 비유되고 칠흑 못지않은 머리카락에 눈썹은 중천에 뜬 마치 반달을 오렸더래요, 성수를 머금은 입술은 남성을 홀리기에 제격이었더래요, 그에 따라 법우스님은 허니문을 내내 꿈꾸며 혼신으로 빌더이다 믿거나 말거나 천왕할미와 파계승인 법우스님은 천신만고 끝에 언약을 하여 백무白巫에 기거하면서 여덟 딸을 낳았더래요

옳거니 여덟 딸은 훗날 명성 자자한 무당이 되어 팔도로 흩어져 속세를 지배하고 누렸더래요 액은 털털 털고 복만 가까워지라는 주술로 사방 영험 내림했었다나요

청학동 삼신봉* 1

하동골 최초의 넝마 무당은 법우와 산신 천왕할미의 기를 받은 셋째 딸 삼신봉이더이다

전설에 쫑긋 귀 기울이면 제 몸 둘 곳을 새기고 백무를 두고 생의 레프팅에 노하나 의지한 채 골바람 구름 타고 백소령을 넘었더래요, 이때부터 몸 마음 생고생을 자청하는데 꼬박 굶듯이 삼백예순날을 밤낮 호젓한 산허리 길을 내며 삼보일배 해가며 아픈 맘과 몸을 정갈히 닦고 영신봉을 거쳐 남부능선을 통과해 삼신봉에서 신령을 얻게 되었더래요

그날로부터 만인으로 하여 신줄기를 내려 점치고 굿하여 두루 돌보게 하였더래요, 아마득한 날부터 누누대로 기가 꿈틀거려 영남의 새끼무당 무녀巫女와 박수를 낳아 무진장 만인의 수를 헤아리기 버겁더래요

---

* 내삼신봉(1,354m)과 삼신봉(1,284m), 외삼신봉(1,288m)으로 이루어져 있다.

청학동 삼신봉 2

신내림으로 제격이라는 오늘은 하필 살을 에는 혹한도 덮친 엄동설한풍 한창이오

이참에 삼신봉 아랫도리 눈꽃밭 살얼음 깨고 노천 계곡탕에 맨몸 훌라당 던지는 올찬 저 혈혈단신 독한 목숨 모양새 보래, 산신봉의 용한 폭포수는 타내려 시퍼런 계곡물처럼 깨끗한 뚱보 꽃무당을 어루만지고 있더이다, 이빨을 치 떨고서는 삼신봉을 향해 기도 발을 염원하는데 울며불며 춤판을 아로새기는데요

내림굿 소문난 날 널뛰는 예리한 작두 칼날의 절정 속에서 용한 욕쟁이 숨가쁜 무당춤 보러 안 갈래, 칠흑의 야밤에 담너머 울 너머로 빼곡 초롱초롱한 눈구멍 동그란 그날 그 찬란한 밤 풍경 숨죽이고 구경 한 몫 하러 안 갈래요

외삼신봉

청학동 하산길 내팽개치고 갈림길 오롯한 관문 철망 용케 넘네, 뉘 말씀대로 재수 옴 붙은 날 반달곰 살모사 독사가 면전에 발길질에 창궐한다는 뜬소문도 소슬함 내딛는 곳 외톨이오 오싹하네, 외따로 원추형 우뚝하고 펀펀한 암봉 외삼신봉도 만난다네 부처님 바위에 합장하느라 경건하다오, 이내 슬슬 가파른 내리막길 초점에 맞춰 산죽이 머리통을 이따금 난타하는데 몸결도 쓰다듬듯 빗질이오, 서경적인 상승효과 드라마 연출이네 때로는 걸림돌에 여차여차 고행길 난장판이오 네 깐깐한 산죽 본때를 알 리 없어 버겁다네, 공포의 내리막길 폭신폭신 발끝만 낯설다네 비릉을 썰매 타다간 별안간 위선마저 밍청해지네, 신화와 꿈의 의식이 오늘의 바짓가랑이에 배양토로 뒤범벅 시킨 날 산사랑님들이여 산죽이 그리워지면, 꼭 이곳 와보시라 하네

묵계재

새떼는 묵계재에 풍요를 몰고 와 신비의 열린 자유를 만지작거리고 있네. 가슴 뜨겁게 데워진 떼산숙이 훈훈한 땅기운마저 무대를 휘젓고 있다네. 난세에 공포의 바이러스에도 용케 목숨 견뎌낸 이곳 군무여. 범접불가 영역으로 뭉치고 뭉쳐 튼실한 군락의 요람지라 곱다 묵계고개 이 절정의 엉덩이무리 춤이여

옴폭 파여 묻힌 묵계재터 채취 따뜻하오 잠시 숨 고르기 끝에 한 치 황톳빛도 허락지 않은 네들 공동체에서 산죽 냄새만 뭉클하다는 걸 느끼오. 묵계 떼 산죽밭 덮고 입고 가쁜 심호흡에 삼삼하다네 연방 그리울 묵계재여 이내 코끝에서는 네 체취도 허전하네 한 눈에 퍼 담은 풍경 가끔 궁금하겠네. 언제 다시 네 몰골 품에 안길까 파묻혀 헤쳐 헤엄치느라 진땀이었다네

자리 터여 안녕

산죽밭

헉!헉! 산죽군락 길지吉地의 터전은 예전에 수도승을 불러 목탁으로 기운 내뿜던 절터 공양 흔적이라던 데요, 온통 기세 올곧게 긴장감 뻗은 산죽 밀림 밭이라 어데 자취 파묻혔는지 형체도 감촉마저도 묵직해서 뒤꼬리 감쪽같아 찾을 길 없네요

산죽길 헤쳐대자 뱃길 마냥 잔파도 소리 자잘하오 관심대로 베푸는 산줄기는 옥산 비탈을 기점으로 낙동강과 섬진강의 물길로 형편 되는대로 쪼개 갈라섰다는데요, 정에 빠진 물길 역사의 맥을 짚어 보네, 산죽밭 헤치다 멀뚱히 산세가 낳은 강줄기에 관심 두네, 뜨는 해 지는 해 두루 껴안고 요동치는 난세에도 네들만은 삶을 풍요롭게 만끽하고 있는 산죽밭을 사랑하오

떼 산중 밭의 감칠맛이 풋풋한 걸 어쩌겠소 사바세계를 살아가라는 가르침을 예서 느껴본다오

고운동재

최치원의 고운 바위는 어딘가, 이내 마루금은 온데간데없다가 설핏 낯빛을 뵌다네, 오순도순 은둔하기 걸맞은 당산수호신의 옛 정취 다랑이마을과 대나무 숲에 숨은 터 은둔오지 뒷골마을도 주산도 정에 빠져 속닥속닥 댄다오, 산죽길은 순례 길로 갈라놓고 번뇌를 아우르며 둘레길에서 수도의 휑한 바람기에 종내 헤갈 대며 법문을 읊조리며 달래고 어르고 발걸음 재촉한다는데요

고운동재 뒤 오름 길녘은 도란도란 다감도 하여라 별 바른 곳 마을사람들 톡톡톡 마음 도닥이며 물안개도 멈칫 재를 넘지 못하고 퍼질러 앉혀 황칠에 노닥대고 나풀나풀 춤사위의 절정이라네, 얄밉지 않은 영롱하게 고운 동네 그 고개에서 자리 터를 잡는다오, 두 손바닥과 열 손가락을 모으고 합장하오

여기 고운동재요

제 2 부

배바위 능선에서

쭈욱 쭉 산죽터널 뻗다 배바위 능선 닿자 갈림길에 바람 훅! 하오 산 너머 옥 같은 물의 양수상부댐 운무 무디기가 한 치 앞을 덮다가 걷어내네. 산 목고개는 쏙 빠져 우뚝하다가 투명하다네. 배바위골 자잘한 물길과 더불어 외롭게 떠도는 솜털구름 잦은 고운동 실계곡 물 합수하여 한량없네 시천면 반천 눈물 되어 남강에 응석을 부린다오. 깊은 골짝은 고운동 폭포를 돼지목욕탕을 건너뛰어 쏴쏴 찬 기운을 연방 바람결에 물안개 짙네요. 돌샘의 물 한 모금에 등잔봉을 훌쩍 안았다는 비탈 반천 사람들 혈색이 곧 홍색이데요. 배경과 평화를 사랑하는 생태둘레공동체가 공존하는 마을 어귀쯤 발길 이끌리는 곳곳 소박한 삶의 두메산골이데요 아련하게 뭉실뭉실 소박한 구름마저 떠오르네요

길마재 닿다

괴인 고인돌을 두고 이내 동쪽 전망대 훤하네 아슴푸레 거쳐 온 밀림의 원시림을 어찌할 거나 짠하네. 갈래 길 친숙한 돔 지붕 황금능선 저기 빤한데 드는 길 내리 숙다가 솟구치는데 망개나무 가시넝쿨 간간이 앞을 막고 섰으리라. 활기미 여기 궁항이라는 이름에 매료되어 이내 옥종면 궁항리 소와 말의 길마의 재는 빈이터의 재라네 소로길 동쪽 벌판 너머 널린 산들 깔삼하오. 배수지는 우직한 혼과 그림자를 담고 소하천은 졸음에 겨웠다가 출랑대기 좋다가 갈림길에서 에돌아 산비탈을 치고 올라 능선의 안부鞍部에서 안부安否를 묻는다오. 길마 질마재의 생김생김은 일목요연한 마법의 신비함으로 볼거리를 위용을 선물히고 꼬불꼬불 열두 구비 모퉁이 오밀조밀 쫀득한 동네 문화의 출현기부터 떠올린 열두 모랭이재이네

칠중대고지

들머리 훤한 조망 덕에 사방 궁금증들 널렸다네, 마른풀 덮인 불당동 마을 오대사터의 부도는 성불에 들어 움쩍 않는다네 그대여 흥망성쇠가 궁금하오 나아가 소담스럽게 산죽 군락에 포위된 오늘날의 칠중대고지, 6·25사변 당시 빨치산 무장유격대 토벌 주둔지 궁항리 산 137-2의 전략적 진지, 그날의 슬픔을 덮고 용케 감추고 웅크리고 있고나, 괜스레 아픈 역사를 되짚고 되짚으며 빙그레 이름표를 달고 쑥스럽게 비운에 젖어 볼 붉었구나 산불감시기간엔 국공파가 설친다네, 역사의 비포장 작전도로도 여전하구나 금세엔 지리산 둘레길로 야단들 하네, 그 와중에도 이빨 앙다물고 살아서 혈기 왕성한 후대를 누린다는, 은폐의 야사로 들썩인다는 은은한 배경을 접하오

돌고지재

동학농민운동 당시 양씨와 이씨의 깔깔한 생명들의 피난처 양이터 닿네

혁명의 전장에서 난세에 몸을 던진 허공 속 투혼들을 온유로 담대한 포용으로 그들 누리에 은혜와 자비로서 치유해 주세요, 절절한 고백을 들이대며 황급하게 헐레벌떡 치올라서네 야트막한 갈등의 양이터재 머리를 쳐들고 반기네 주변 사물들이 빤한 몰골을 드러내고 웃는다오

연이어 〈방하착放下着〉이라 방하고지에서 속세의 집착을 버리고 해탈을 꿈꾸라 하는가 끝내 잇닿은 곳 돌고 돌아 넘는 재 돌고지재 닿네, 하동 보부상들 큰 마을 거쳐 진주-산청지방으로 돌아가는 단골 그들 연방 새벽녘길 불 밝히고 순박한 사투리에 시끌벅적하다네, 어른어른 옛 고개가 일렁일렁하네요

어느 산마루

진달래 멍울, 참꽃 시퍼런 꽃멍울을 달래며 길마중 바쁘네 송림 후끈 기를 받아 혈기 한창이고 쥐엄쥐엄 쥔 손 고사리터네 갓 속잎 피운 도라지 더덕 냄새 풀풀하는 터네 쌈박함은 늘 산뜻하게 길에 깔린다오

꽃자리터 엉겅퀴 인동초 때만 되면 마구 성화를 부릴 거네 꽃들의 성곽에서 잠깐 다리쉼을 갖는데 가을 억새바다는 천왕봉에서 두 철을 얼추 넘는다오 사방 천지 배경으로 용케 풀어 놓는데 억세게 뿌리박은 억새꽃으로 통째로 무리 어울린다오, 하류 쪽에서 물길은 합류하고 센 목숨을 고르고 연다네 꽃길 여정만은 순탄 평온하다네, 특이성 정체성이 맞물려 있는 곳이네 더할 나위 없는 독특함으로 앞길을 놓네

매력에 매료되자 산새도 한마음이네 걸작이라는 생각에 빠져 산마루를 쓰다듬어 보오

베토재

갈림길에서 줄기차게 솟은 하동의 명산 옥산봉 정상 확 풀어헤치는 데 가슴께 시원하오

관심대로 베풀어 출중한 인걸 널렸다네 달래고 얼러 태평 삶을 누대로 누린다네, 돌아들어 잡목 덤불 우거진 능선길 즐비한 명당터 꽃벌들로 분주하겠네 과부 밤꽃 작년 향에 머물러 배었다오, 길은 폴짝 산봉우리에 올라앉았고 베토재 백토재하며 장엄한 지리 줄기도 불끈한 여정의 막을 예서 일단 부린다나, 땅이 스스럼없이 내 주는 점토로 결 고운 분단장을 한 백토 고개 넘는 재 도자기 고령토 백토의 얼을 가슴께 품고 백의종군한 성웅 이순신의 다리쉼 자리 터만 온후하다오

문드레미 골짝 상부 그 고갯길 잡목림 없이 펀펀하다네 발길이 뜸한 산중이라 풍경까지 한 몫을 해서 눈길을 당긴다네, 산타기 좋은 연분홍 계절 어울리데

옥정리

산은 알밤 단지, 곳곳에 군락지를 이루고 암자들은 밤나무뿌리 수액을 소소히 받네, 산 마루금의 발아래가 이미시엄지 척하는 곳이오

예전에 분빈 남포南浦의 뜰이오 금싸라기 남해 현령이오 반딧불이의 별빛 무리 터요, 깊숙한 안남골 골짜기의 품 밖이다오 민을 통치하는데 안성맞춤 범마저 어렁어렁 잦았던 범우골 아랫담이다네, 갯냄새 여기까지 짭조름히 품어 안았네 돼지 눈망울 껌벅끔벅 돼지난골, 광대 혼줄 들썩대는 광대밭골, 길쭉한 가래 골의 장가래골, 골짝골짝 홍미꺼리 전설이다오, 아슴푸레 펑퍼짐한 황지들판도 훤하다오

경전선의 기적소리가 북천역에서 다솔사역으로 질주하며 밤낮 남포교 쯤에서 울려 쌓는 데 대내장터 신새벽 장꾼들 흥정에 열중이네 옥정리 고운 이름자 품마저 널찍하다오

마곡고개 끌어안다

옥정봉 만나고 나지막한 잡목 숲길 지나 정유재란 때 연합군을 이끈 명군의 제독 마귀麻貴가 왜군을 격퇴한 마곡고개 넘어서서 완사의 땅에서 십오리원十五里院인 원전院田을 눈 아래로 깔고 본다오

까막눈 산행에도 조망권 일품으로 너덜거리는 게 없어 올차다는 걸 알겠네 생태통로도 만났고 지극히 몸을 사리고 낮춰야 철망을 통과할 수 있다는 이치도 예서 알겠네 이 충무공이 삼가三嘉에서 노량쪽으로 백의종군 행여行旅할 적에 수군의 패보敗報를 들었다는 바로 능선사면, 이런 군상 끝에 지형을 숙지하고 된비알 이름값을 톡톡히 하는 원전고개 낳는다오

눈앞 파노라마 진면목이네 부채꼴 닮아서 멀찍이 하동이네, 안산즐산을 상책으로 섬기며 산길 발길 극도로 다스렸다네. 초록초록 바탕에 동리洞里가 자연에 고스란히 안긴 한 몸으로 숨 쉬는 풍경에 풍덩 빠져버렸다네

석장대

석장대 너를 앉힌다, 그날 임진왜란 부락민을 동원해 산정상을 돌며 퇴메식 석축 토축이랑 등짐으로 발로 다져 쌓았다네

왜적이 눈에 뻔해 궁리 끝에 꾀를 낸 방책이네 교활한 적을 망보던 들여앉힌 망루대네, 성방리 산성식 산성산 열심히 관찰하다 동쪽 비탈져 허술한 곳 사방 펑퍼짐한 샘을 만났다오 새까맣게 그을린 군졸들이 목을 벌컥벌컥 축이며 연방 물을 튕겨 쌓네, 좌로 성방소류지네 우론 포곡 소류지네 뻐꾹뻐꾹 안개비에 묻혀 포곡성마저 덮였다오 왼쪽 눈 곁에 아슴푸레 펑퍼짐한 진양호가 오른쪽 눈가엔 사천바다가 와락 아리아리하다네

뉘 남새밭 근처 왜~왜~ 고라니 울음소리 투명하다오 참 오랜만에 짝을 찾는 산짐승의 구애를 살피오, 하나의 대간 남북으로 두 개의 정간을 새겨 품으며 낙남정간을 뇌리에서 되뇐다오

사립재

시야엔 고요한 주봉 능선 칼등같이 곧았다가 휘어지는 더부살이 숲 속길 적막을 다듬는다네

뉘 마을동네의 사립문인 펑퍼짐한 교차점을 열어젖히듯 곤양의 동북방 관문 경계 사립재를 떠나 길을 펴보오, 공존의 커브 길은 용케도 다스려야 올곧게 생을 반긴다네 세찬 숨을 몰아 다투는 때쯤 성방리 찬새미골 선선하던 딱나무골이네 자잘한 소문 들뜨던 딱밭골 이어 묵곡리로 뻗는 외길마저 훤출하다고 그래서 이정표 묵설로이다오 설한풍이 휘날리는 계절쯤엔 거대한 상징의 바람골 폭설로라 한데나

산길 나그네의 각시붓꽃 길은 어둡고 긴 터널의 담금질 끝에 운해로 흠뻑 젖어 생기발랄하다오, 사위를 껴안은 채 역사의 모티브로 길 주위 옹골찬 자연추억기록물 숲에 오늘 은근슬쩍 단연 들뜬다네, 기억과 현실의 존재 가치가 아픔을 사랑으로 다독여져 치유된 상처를 생각는다네

선들재길

속세 홀연히 끊고 올곧게 정신 붙잡아 매네 신선 되어 참선하러 선방에 선들 듯 넘는 선들재길에서 경건하게 옷깃 여미는 중이오, 신선들의 글 소리가 예쯤서 카랑카랑하다네

저기 골짜기 산기슭에 대나무밭 제방 산록엔 문달사 있네 산등성이 곽가등도 눈에 든다오 은적암의 하산 물길도 끈적끈적 하다네, 선들재 앞 굽이굽이 들판까지 배들이 닻을 막 내리는 찰라 염전용 차목과 화물을 일용할 양식을 부리고 쌓는 중이오, 갯벌 바다 눈 밖 훤한 곳에 백년의 혼령 바람을 타고 일꾼들 구령 소리 요란하게 닿네, 바닷물이 찰랑찰랑 쓰다듬는 어느메쯤 사천매향비가 우산을 쓰고 부슬부슬 안개비에 젖네, 허깨비가 간간이 이때쯤 무대로 등장한데나

순박한 사람들 뻘밭 속 향나무가 불과 얼마 안 되어 용한 미륵불이 될 세상 당도하리라고 믿어 의심치 않는다네, 용한 자리 터마저 따뜻하다오

솔티고개

수령 2백 년도 넘은 포구나무 옆쪽 밤을 밝힌 주막집에 닿네 등불 걸린 차양마저 펄럭대는데 그곳에서 하룻밤을 묵네, 곤양면 사람들 새벽 완사장을 향해 분주하게 들어가고 나오네, 혼령들 국밥을 말아서 허기를 달래고들 있소 주모의 호들갑에 한 마당 혈기 왕성하다오

진양호에 수몰되어 이향의 아픔을 묻은 연평마을 고향 사랑 애향비를 읽네 문전옥답 본향을 두고 어딜 흩어졌을까 아련하다오 내력은 어떻고 조곤조곤 예전 야사를 훑어 알겠네, 두려움을 뒤로하고 여우고개엔 여우 새끼 낳는 기별 잔잔하데

새벽 언덕길을 훑어 풀숲을 밟고 든 곳 솔티재다 찐득찐득한 송진향으로 짙푸르렀네, 야산들이 기를 흠뻑 받아 도란도란 영지靈地 주봉을 옭아매고 정겹네 솔티고개 솔티재 환하네 솔바위 터의 별살도 함께 하겠네

계리재에서

진주, 사천의 경계를 건너뛰네 모심재는 모심저수지를 가슴팍에 보듬었소 눈 아래 화사한 층층 안개를 만지작거리는 중이네 와룡산 머리께 대나무 숲도 푸른 봉두난발이 되어 닫힌 새벽을 열고 눈 비비오, 구릉이 구릉 따라 길을 내고 빠끔한 물길 죽봉저수지에 닿네 사천만으로 종종걸음으로 갈길 다투는데요, 전설이 된 녹슨 진삼선 철도가 왔다 갔다 달음질하고 싶어 안달이네 야속하게 흘러간 뭇 사연들만 철길을 맴돈다오 아치형의 터널을 뚫고 그네들은 다시 못 뵈올 어디쯤 가 닿았다 하네요 산 꼬리 아홉 등 그곳 길손의 휴식터라 구미골 있네, 보이네 계미골 향그러운 고미동재가 발길에 꾹꾹 밟히며 고미古美스럽다고 야단들이네, 닭과 살쾡이가 계리재에서 낮잠을 동그랗게 그리고 있네 발톱을 감추고 의롭게 누대를 잇고 후대를 다지고 있다오 철천지원수간에도 계리재 양쪽 갈래지어 휴전 중이네요

무선산

무선산은 기기묘묘 형상들을 묻었네 봉전鳳田 학등마을 어귀 학은 깃을 폈다 오므렸다 하고 옛길이 자연이 훼손되지 않은 채 자율 생김새의 중턱은 돌무더기 성터로 예스럽기도 한데

이쯤에서 봉황이 용이었다고 우겨쌓네 나지막한 구름 꽃을 피우자 연이어 황홀 천지에 날개옷을 펼치고 학인지 봉황인지 용인지 분간 못할 몽땅 아우르는 춤꽃 만발이었다네, 용바위에 와서 그날의 혼귀가 칡덩굴을 타고 오르더니 사흘 밤낮을 천둥 뇌성 번개 벼락을 동반해 난장판이더니 오늘 세태에도 짠하고 무시무시한 울림 있다고들 하데요

언제 그 용의 몰골 다시 뵐 날 있을까요 용케도 마른벼락 터질 날 궁금증도 도지네 그곳 세상 찰라가 예까지 와서 여태껏 살기등등하다네, 이곳이 곧 환상의 아마득한 세계일 때도 있다오 계곡 가서 지그재그 마실 길에 용머리도 보실까요 붓도랑에 발 담그고 여유만만 소담스러운 올찬 얘기 보따리를 풀어 보실래요

제3부

돌장고개

두문리 두문리 경계비석 하나 내리 힘차게 꽂혔다나요 돌장고개의 이 돌장승이 움쩍도 하지 않는다네

천태산 마고할매 소문 들어 아시죠 물레질에 안달이 났다오 욕심 끝에 시루공이 3개를 사천군 두량 큰골에서 애써 지게로 지고 옮기다가 하나는 하도 숨에 들볶여서 옜다 부려 내린 곳이 사천군 구암 숲이라 하데요 돌무더기 그곳 번듯한 돌 구들장 아직도 있을라나 궁금하네, 다른 것은 고성군 영오 어딘가에 흘려 두고 인자 살것다 하고 한숨을 돌렸다나요 여태껏 그 자리터라도 찾지 못했다니 참 아리송아리송하오, 나머지 것은 이 돌짱빼이에 실례를 했다 하네 오늘에사 돌장고개로 알짜 소문 자자하다네요

구전의 소문이 자자해 경계석으로 우뚝하니 자리해 있네, 오는 이 가는 이 어루만지고 합장하는데 그 시절을 더듬자니 세월 무서운 그늘에 가려 여쭙네요

봉대산

진양, 사천, 고성을 아우르는 봉대산은 폼값 하는 금곡면 주봉으로 명산이다오 그 기를 새긴 김유신은 죽곡마을 남악 서원 터에서 용한 신령의 영험을 몸소 체득했었다네 대업의 기틀을 다졌다 해도 허풍떠는 일 아니다 하네요

기억의 저편 꼬장꼬장 뿌리를 내린 대숲은 봉 한 마리 깃털을 털며 살았는데 그 봉 훌쩍 봉대산으로 터를 옮겨 살고 그로 인하여 대숲은 망하더니 마을만 융성하였다 하데요

봉대산 드는 골은 깊고 갈 길마저 아득하여라, 봉이 앉았던 봉하 죽림을 두고 죽곡 다리 건너 산마루 찾아들면 오름길 산새 동물들 노는 객숙치골 있네 주막 객방客坊이 방긋이 연방 정중히 반기네요 나그네 그곳에서 여정 풀고 일박하고 그래야 객숙치 재를 넘는다는데, 그 북쪽 음습한 골짜기 쇠실마을 쪽으로는 머리 목 팔에 휘두른 철갑 투구 목가리개 비늘 갑옷의 철갑투성이 혼령마저 으스스한 음지에서 한바탕 못다 한 혼불들을 지피고 있네 칠흑의 야밤에 청동기 무덤의 춤판마저 그날의 불 칼춤이네요

옥녀가玉女歌

옥녀옥녀 미모 옥녀 백년회로 청혼했네 민도령이 청혼했네, 덕천강에 베를 씻네 두 손 합장 경건하게 맨날 맨날 베를 씻네, 민도령을 그리면서 베를 짜서 씻고 씻네, 한 번 본 민도령이 눈앞에 걸출해서 그를 위해 베를 짜고 옷감 삼아 베를 짰네, 우야꼬 우이하꼬 고을 사또 탐욕 끝에 옥녀옥녀 실성하네, 베를 찢어 베를 찢네 갈가리갈가리 베를 찢고 환장하고 환장하네, 민도령 위한 옷감 베를 사정없이 찢고 찢네

끝내는 자결하네 실성한 옥녀옥녀 한량없이 구천을 떠돌고 떠돈다네, 민도령을 두고 우네 궁지에 몰린 끝에 이길 저길 궁리 끝에 살길 방도 못 찾았네, 옥녀가 투신하네 그가 먼저 세상 떴네 시퍼런 덕천강에 몸 바쳐 몸 바쳤네, 며칠 못가 사또사또 벼락 맞아 급사하고 황천길로 끌려가네, 과거급제 민도령도 옥녀따라 몸 던졌네 옥녀 뒤를 훌쩍 뜨네, 들끓던 덕천강에 몽개몽개 꽃이 폈네 민도령의 안개꽃에 옥녀 혼이 안겼다네 스산한 그믐날에 너울너울 날고 있네

덕천강에 혼이 뜨네 극락왕생 꽃이 폈네, 시시때때 물안개에 혼령은 혼령끼리 벙글어 꽃이 되네

신 진주난봉가

1

진주 아씨 진주 아씨 진주 낭군 본 적 없네, 진주 낭군 온다는 날 진주 남강 빨래 갔네, 시어머니 등살에다 모진 학대 삼 년 끝에 진주 남강 빨래 갔네, 시어머니 하시는 말 오늘에사 오늘에사 진주 낭군 온다 하네, 우당탕탕 빨랫감만 두들겨 패고 있네, 진주 아씨 두 팔 걷고 장단 맞춰 두들기네, 엉겁결에 엉겁결에 말굽 소리 당도하네, 진주 낭군 스쳐 가네 쏜살같이 냅다 가네, 하늘같이 높은 분이 급작스레 스쳐 가네

2

꽃도 보고 절도 보고 단풍 결에 마음 씻고 집이라고 당도하니 진주 낭군 왔다 하네 건넛방에 왔다 하네, 사랑채 문은 열려 진주 낭군 뜯어보니 아까 그분 그 양반이라 '온갖 가지 안주에다 기생첩을 옆에서나 끼고서 권주가만 부르더라' 에라이 에라이 모진 세상 둬지면 한 번이지 두 번은 무슨 두 번 진주 아씨 작심하고 명줄 놓고 하던 결기 〈첩의 정은 삼 년이고 본처는 백년이라〉, 마음 닫은 진주 아씨 내친김에 이승을 넘네

3

진주 낭군 버선발에 진주 아씨 안고 우네 목을 놓아 울있다네 한량없이 곡을 하네, 처녀 귀신 애달파라 억울해서 어이할꼬 진주 낭군 죽지 않고 저승길도 혼자 가네 〈내 이럴 줄 왜 몰랐던고 사랑사랑 내 사랑아~~〉 진주 아씨 피멍이네, 그제서야 진주낭군 피눈물만 쏟아내네 죽지 않고 땅만 치네

부련이재

부련이재는 고시내미재요 임금의 빈 수레가 행차했었나 의문이네 아랫담 고봉리 동네 사람들 흔히 고시내미재라 고집 핏대를 올린다네

고성 영현 영부리 잘 닦인 둘레길 드네 고시남소류지 야트막하다네 돌아가면 영현 가는 길 두고 똑바로 하염없이 걷다 보면 옆에 동산도 숨 쉬고 그래 더 희미한 길에 펑퍼짐한 영부저수지 눈앞이고 옆길 뚜벅뚜벅 걸어서 문고개 소로길 닿네 산길 마다하고 휑한 길 옮겨 서서 만나자 하니 뱅글 되돌아와 부련이재를 뵙네요

마을 아낙네들 자잘 자잘한 험담 길이네 앙증맞게 서로 모여 입담 소문 알리는 데네요, 옛날 지게꾼들 수월하게 넘나들던 지름길이다오, 한참을 숨차게 길 닦으니 백운산 닿네 빽빽한 잡목림이 소슬히 키를 돋우기에 소란소란 하네 다시 고만고만한 산길 따라 헐레벌떡 넘는 고개네 임도가 연방 옆이네 산을 큰 산을 넘자니 기러기목 오리과 배곡은 백곡 그런데 배곡고개 닿네요

가화천加花川

옹골진 장마철이오 진양호 상부가 만삭의 산통 끝에 범람이네, 잠잠하던 내동면 가화천 물줄기는 탱탱하게 부풀어 올라 몸을 풀자 양수를 터트리고 물길을 연다오, 유수교 아래 수문水門에서 가화강으로 남실남실 춤을 추데, 그대 화가 솟구치면 가슴 부풀고 여간 아니라 장관이네

급한 대로 남강을 어르다가 남지를 지나 낙동강 본류에서 하구언을 내달려야 했네만 뜻밖의 변고로 이정표는 샛길 외도로 씽씽 잘도 잘도 미끄러져 곤양면-축동면으로 달음질치고 있네, 수로에 수로를 잇달린다오, 여정 중에 가화천교, 가화교 입안에서 오물오물 아름다운 이름 있네, 홍수철에 가화강 덕에 주변 사람들 한시름 놓네요 가뭄엔 백악기 공용 발자국도 선명하다오, 가화강 상류에는 공룡의 이빨이 선명하다네 경린어류의 비늘 잔재도 널렸다 하네 거북의 배갑背甲도 화석으로 옹기종기 있다니 궁금하네

가화천은 가화강이 되고 늘 무슨 꿍꿍이를 낳네

무량산

관아의 서쪽 10리, 고성읍 무량리가 여기다오, 대가면 양화리에서 연지리를 거쳐 고성읍 무량리에까지 이어지는 품이 넓네 무량산 산물을 담은 갈천소류지, 송구산 아래는 유서 깊은 송계초교 종생분교 그 시절 시끌벅적 종소리 쨍그랑 요란도 했겄네, 그곳 드는 길은 송림이 숲을 이루어 곧장 닿아야 산마을 품네 안개도 포근해 도타운 솔숲 다시 눈에 들게 되어 감회 무량한 산이오, 안개의 춤사위가 맞아 떨어지는 종생 드는 길 빤하네 고성의 진산 어머니 젖가슴 헤아릴 수 없는 은은한 산세라네

고성군 동해면 곡산과 통영군 우산 봉수대의 불빛을 받았다는 봉화산 봉수대안부 네 봉우리 너머 산고지 가쁘게 솟구쳐야 무량산이오, 화리치 고개서 순하고 여린 산길 밟으면 소로길소로길 더듬어 가면 무량산 꼭대기 만나게 된다네, 양화마을을 병풍처럼 둘러싸는 형세 곱다오, 산길 순하고 여리다네 측백 편백 떡갈나무 무성한 감개무량 산이네, 낙남정간을 불끈 부활시킨 고성군 대가면 갈천리 무량산 정상 올라보니 거류산 구절산 낮고 고성 제일의 명산이라 으뜸도 하다네

저기 손가락질 낙남정간과 갈려 지는 통영지맥 분기점 있네

연화산

산길은 거칠고 멀수록 신비의 문은 물음표네 열리는 순간순간이 애기 단풍 일색 신기루이네, 잡을수록 가까워지는 고성군 개천면 연화산은 바로 연꽃이네 연화 팔경 연화 9봉을 아울렀네, 명당 길지吉地 비슬산이라네 거문고를 선인仙人이 비파는 옥녀玉女가 오늘도 열연주하고 있네

옥천사의 단풍 길은 넝마 사찰에 승복 자락으로 나풀대네 노승 고목 은행나무도 성불에 들어 멀뚱멀뚱하며 적멸보궁을 품에 안았네, 계곡 물소리는 콸콸콸 가까이서 멀리서 온통 귓바퀴를 할퀴네 가을 하마비下馬碑는 꾸벅꾸벅 인사에 바쁘네 절로 절로 절며가는 길이 돌담 토담길이네 치유의 옥천 골 옥샘은 옥천사 경내 요긴한 자리에 떡하니 버티고 있네 달짝지근한 맛이 구미를 당기네 연화 9봉 발효 진수를 알만하네 옥천 소류지는 가뭄에도 인근 들판을 기름지게 하네

여기 홍단풍 축제의 길마저 도처에 절정이네 낙엽마저 소란도란 해매네

고개 고개판국이다

그냥 밭 장전場田이네 마당 같은 휑한 밭이네 송계리 장밭 마을이네 그래서 장전 고개 있네, 월곡마을에서 신리를 넘는다네 이곳에 절편을 쌓았나, 펑퍼짐한 떡고개 만난다오, 그 고개서 덕산을 넘는데 눈 아래 고갯마루 배치고개 훤하네 신작로 옥천로가 요란하다오

고만고만한 기복이 있는 산들이 많아 고개 또한 줄을 잇는다오 도사리고 있네, 연이어 신고개네 새로 닦은 고개 말이오 탕근재 있네 갓 아래 받쳐 쓴 관 망건이네 고개 아니고 봉우리 치이네 그곳을 넘는다 그래서 탕근치네

산은 재를 아우르고 재는 산을 섬긴다오 상스러운 조치리 두고 봉황의 봉치리의 봉황산은 새터재를 낳았네 새터재는 샛곡이오 고개이네 봉황의 고개쯤이네, 산봉우리가 붓이오 필두봉을 지나면 또 재이네 담티 연못이 있던 터인 담을 넘는다던 담티재네, 담장처럼 이곳 저곳의 경계를 이룬 곳이네

벌밭들

개천면의 용암산 보네 넉넉한 들판 구만면의 초입에서 남성치 모자 벗고 인사한다오, 범바위산 암봉 바위지대에 드러누워 보네 소태산은 구만의 주봉인데 깃대를 꽂고 무술을 연마한 산이라서 깃대봉이라오

벌밭들 드는 곳 엎어놓은 산길이데 풀국새 산이네 산의 양지곁 이른 봄 땅 속에서 화기가 번지면 풀국새가 풀국풀국 운다오 밭이 벌판을 펼친 곳이오, 인근 낙동소류지가 낙동저수지로 낙동천으로 가두고 보내는 곳 소로길도 포근하게 고개 맞아 활처럼 휜다네

선동마을의 선동치는 잡담 끝에 나앉았고 음나무재도 한결같네, 숲길은 고독하고 허전하다지만 나름 양기를 품었다오, 버겁지 않은 산들 안고 사는 사람들 순하다오, 겸손을 사뿐히 내놓는다네 정겨운 이웃들 산 밑에 들을 두르고 하루를 푸르게 품었다 놨다 한다네

발산재

깃대봉 떠나면 발길 조심해라 당부네 까딱 졸면 만수산 든다고 충동질이오 용케도 발산재는 옛 티를 안 벗고 누린다네

먼발치에 진주 소촌역을 중심으로 역도 소촌도의 역길이 빤하다오 그래 반성역을 두루 살펴서 넘는다고들 시끌벅적 야단법석들이오, 곧장 닿아 진해현 상령역이다네 꽃길 자체로 오르내릴락 체력 고갈이네 노승 스님의 탁발용 바리를 반듯하게 엎어 놓은 발산재 무사하네

임진 난리 통에 고종후 장군의 피 터지던 싸움터 있네 이 길 못 넘긴다고 매섭게 가로막고 호통치던 선열들의 전장터라 넋을 묻은 곳이라 발걸음마저 납덩이요, 발산재 넘으면 진주성이 곧장 눈에 빤하다오 불화살을 뿜어댄다고 밤하늘이 훤하네 격전의 이곳이 온통 안개다네 화약 냄새를 어이할거나 부슬부슬 실비 내린다오 어이할거나, 오늘따라 황톳길이 핏빛으로 질펀하네 낯빛이 볼기짝이 빨그레 상기되네 어이할거나

오곡재

비실재 길은 오곡재 철쭉 길이요 창원에서 함안으로 볼일 봐야 하는 문명의 길목이요, 보부상들 번질나게 길 닦던 이들 저 쪽에 앞장이네 그 길 산님들께 되물어 시방 가오, 예가 오곡재 비실재이네 비실비실 대며 장꾼들 저만치서 온다 간다 하네

산길 아래 임도 착실히 동행하네, 무명봉이 더러 숨을 차게 하지만 인생길도 더러 능선 분기점에서 휴식처이기도 하다네, 소나무 잡목림 군락을 이룬 끼리끼리 제들 삶에 여유롭게 즐기며 홍에 겹고 큰정고개에는 줄기차게 따라오던 임도 하산 길이 빤해서 알겄네

길의 끝이 인생길의 끝인지 궁금하오 꼬불꼬불 내리뻗은 저 길이 인생의 끝인지 의문스럽소, 저 길이 확실히 어딘가 그립다오, 길이여 안녕, 운명길이 더 힘차게 뻗길 합장한다오, 뒤범벅 갈림길도 오늘따라 생소하다오

큰정고개

마산사람들 진주 가자 가자고 하는 길이네

그 길 큰정고개 넘네 무명봉 산중턱은 길을 내주고 기복마저 없고 완만하네 더불어 산천초목과 눈짓 몸짓 했겄다. 켜켜이 얽히고설킨 주변 물상의 끌어당기는 매력마저 꿈틀대것다 리듬감이 생명선으로 압도하오 은근슬쩍 반응하며 환영하네. 수수한 울림마저 떠돌고 있어 상상이 펼쳐지는 큰재네 진지하게 가슴께 와닿네 우주의 고운 빛살마저 투시되어 자리하고 숨을 고르네

24km 심방분맥尋芳分脈 가지치기로 몰두하고 있네. 북서쪽 오봉산이 다섯 봉우리 의기투합하고 오뚝오뚝 쌓은 성 다섯 고만고만하다오. 진주 지수면은 손짓 펴는 쪽이다오 아스라한 분맥은 마침표를 선명하게 내린다네. 한랭기를 마침표 찍자 막막 꽃 피네 잎잎이 전령사로 구석구석 속닥대네 궁금한 것은 길의 끝쪽에만 있다네. 고즈넉한 큰정고개는 비우고 채우는 일에 열중이네

여항산

함안의 주산이자 진산이네 마산 합포구 진전면 최북단에 여황산이라 점지했네

뾰족한 산정은 조타실이요 선장의 눈매가 혈류가 역으로 흐르는가, 이 요상한 지형이여 그대 정상엔 낙숫물을 담는 댓돌처럼 펑퍼짐한 마당바위, 상하좌우 요동에도 이곳은 안심할 수 있구나, 가뭄에 여황산 정상에 미산봉에 용연과 돛대를 세우고 깃폭을 날리며 사방에 기우제 흔적은 더러 흔하오 산신령께 점을 치네 비소식 염원했네 갓을 쓴 갓데미산, 배를 넘긴 배넘기산 필봉이라고들 하오 여럿 호를 남겼네

남으로 상여바위, 북으론 완만해 노아의 방주 때 대홍수를 피할 수 있었던 곳, 동쪽 아래엔 봉성저수지 그래서 갓을 쓴 초인이 요강에 오줌을 누어 이곳 흥건히 젖어 있다 하오, 아우르는 미산, 여항, 여양저수지, 중산과 절골 소류지 발원한 하천은 잠시 예서 기를 모으오, 두루 암자와 전망이 쾌적한 의상대가 한몫하데 마음 두면 지리산이고 눈짓하면 퉁소 소리가 가냘프고 안개를 걷으면 남해의 물결이 출렁대네 대마

도도 한결 이끌리네 6·25 낙동강 방어선의 요충지로 격렬한 전투지였다오 불비의 포탄을 받은 곳 그날의 함성마저 들릴 듯하네요

제4부

서북산에 서다

암릉은 미련곰탱이 같아 굴러굴러 예꺼정 널려 자빠트려졌다네 마산 합포구 진북면 서북쪽의 봉우리 서북산 오뚝 뾰족하오, 6·25 전란으로 적군과 아군의 진군과 퇴각을 일삼은 한 치 앞도 분간치 못한 격전지였다네 백골이 산적해서 백골산이라 했다나 미군도 빌어먹을 갓데미산이네 여기 서북산에 서서 보네

북으론 여항산 뵈네, 동남쪽 평지 버드내와 미천을 잇는 감재고개 하며 굽이친 임도를 넘어 맥 놓은 길엔 평지산, 베틀산, 동북쪽 방향 향해 함안 성점城岾 산성과 숨은 아라왕궁지가 낡은 봉산산성이 옛 얘기를 알려 주오 곁에서 속닥속닥 대는 봉화산을 더불어 하오, 상부에 연대煙臺, 화덕火德, 망덕望德으로 봉수시설이 전한다네

서북산 물줄기는 절과 암자에 물길을 넣고 학동저수지에 자잘한 여정을 송골송골 담네

광려산

한치 고개는 대부산과 광려산의 중간치이네, 실오징어목 오징엇과에 속한 연체동물이 아니라 큰 고개 넘는다고 해서 한치 한티재이네, 긴 고개 그래서 진고개라나 목 넘는다 해서 목너머재이네, 큰 고을의 것 대현이오 그 고개 맛봐야 광려산이요

삿갓봉이 대장급 우두머리요, 무학산이 학이면 광려산은 학의 큰 집廬이네 경치는 끝장낸다는 곳 산줄기는 대산代山으로 이어지오, 광려산의 위풍은 그곳에서 으뜸이오 바람이 몹시 분다오 시야는 구름 지천이네요 천상으로 두루 빼어난 봉우리는 천혜의 비경을 낳고 아래 골짜기엔 사찰을 보듬고 기름진 들녘을 끼고 있네, 능선엔 석조불상 고려 절터, 석탑, 의솔사 기와 파편이 위세를 가늠하고 있다오

구마산 시가지가 아늑하오 마산항만 보이겠소 남해는 안 보이겠소 다도해의 풍광도 일품이오, 대산 큰 산임에 틀림없다오 어귀에는 대산산성이 올망졸망 표티를 재고 있네, 소나무 데려와서 바위산 만들고 구름 앉히고 천상세계 비경이다

네, 광려천은 물길 모아 낙동강 중류에 유유히 담는다네

대곡산

눈코 앞인데 아른어른 하네요 스칠 고개 분명 아니라 필히 만나야 할 고개이다네, 고려시대 구전되어 오늘에 전하오 필히 만나야 할 사연 있으면 이 고개를 택하시라 하네 그래서 만날재 잊지 못해 딱 하루 인산인해로 바다 물결입니다요

예전 그 예전에 빈궁함에 시집간 딸과 애달픈 그리움에 못 이겨 나날이던 노모와 결코 만날 수 없으리라 여겼던 그들이 이 고갯마루에서 뜻밖에 만남의 소원을 이뤘던 그때를 잊지 못한다고 하네요, 만남은 헤어짐의 전제일지라도 하염없는 기약을 빌었겠어요

이곳 쌀재는 쌀 난가리이기도 하다네요, 쌀을 져 날랐다고 해서 유래 됐다나요 쌀재 고개 떠나 대곡산은 유달리 가팔라서 숨에 차네요 모녀의 상봉 끝에 이별의 비탈은 유별나네요 곡谷은 큰 골이네요 그래서 대곡산 입니다, 쌀 두斗 두척斗尺은 무학산의 옛 지명이라 두루 통한다고들 하고요 이곳은 진달래 군락으로 끝이 안 보입니다, 참꽃 꽃길 밟으러 이곳 오세요 만나세요 살아생전 소원을 꼭 이루세요

무학산

학은 올곧은 학춤이라네 학머리는 멀찍이 두고 나풀나풀 추는 춤 현재 진행형이다네 허공을 날아갈 듯한 네 형상 낙남정간의 최고봉이요, 꼬마 학봉도 눈에 쏙 든다오 불모산 건너뛰어 진해만에 산자락을 놓아 산세마저 벽처럼 솟은 장복산 있다네

무학산은 마산의 서북쪽으로 포근한 병풍 둘렀네 올곧은 기상에 우러러 받들어 모시는 모정의 산이요 두척斗尺두척 한다네

봉화약수터에서 갈증을 축이라네 만남광장 정자 순탄하네 예서 한숨 고르라네, 서마지기는 반반한 중심으로 두락斗落지이네 고작해야 논 600평 눈에 확 띈다오, 365계단 가닿아 억세 투성이의 주봉 맞는다오 가까이 보듬은 무학산 정상 있네 돝섬이 마창대교가 아옹다옹 한다네, 크고 작은 능선 여러 봉우리 어우러져 서원계곡 수목들로 수려하다오 능선마다 4월 중 하순 온통 진달래 꽃밭에 젖을 그날 쌍쌍의 상춘객들 분비겠네

천주산

무학산, 쌀을 재는 자라서 두척이네 말자는 마자에 닿아 마재네 그 고개가 마재고개이네 뛰고 뛰면 넓은 길에 가파른 송정고개 밤나무밤나무 산지 맞는다오, 송정마을도 탐방에서는 포근하다오 고개 고갯마루 돋보인 곰티고개도 나오네 다채로운 풍류의 소리도 부르네 독특하다오 넘어보자고 어눌한 쉼터 덤덤히 야트막하오

곧바로 막다르면 중지고개이네 꽃자부름 끝에 헐레벌떡 안성고개 닿는다오, 금강산 계곡이라서 끼고 돌아보오 완만한 오르막 뒤에 이름도 화려한 제2금강산 나온다네 깊어진 몰골을 대하네 은은한 옛것을 넘실넘실 수채화를 본다오

천주산은 청룡산青龍山이다네 하늘을 받드는 기둥이라서 천주산으로 전한다네, 가다 보면 만남의 정자도 돌탑도 앙큼하오 용지봉이 저기쯤 콧날을 세웠다네 천주산에 용지봉 있네 기우재를 지내느라 분주하던 곳이었다네 마파람이 건듯 부네, 마금산 온천은 시도 때도 없이 펄펄 끓는다오 북쪽에 달천계곡이 밤낮 포근하다오 천주산 아래님들은 훈훈하

겠네 지맥이 혈기왕성해 좋겠네 옹기종기 놀겠네

북산 맞는다

국현掘峴고개는 밤낮 요란하게 파서 만든 판고개 덕이네 북면 향해가는 북면고개라오 예전부터 사람 다니는 주요 통로였다네. '부사장봉익선정비' '강홍조송덕비' 감계리 장승백이 입석이 침잠하며 그 시대를 소슬히 알리고 전하고 있다오

북산은 검산이요 창원 도호부 시절 진산이었다네 올곧게 찍어 첨산이기도 하네 그곳에도 산신재를 지냈다네 창원 읍성 북쪽의 영험한 산이다네 북산을 입에 되뇌오 밋밋한 구릉성 산지 덕이오. 맥은 청룡산에서 도드라졌네 이곳에서 구룡산 백월산 간다 하네. 사색의 존재 공간에서 딴생각 않는 널찍한 생명들만 골똘하고 있다오. 북산에서 신풍고개 맞네 신풍역에서 유래했다네 예부터 동서 고개를 잇는 교통로로 이름 자자했다네 경전선 철도가 늘 칙칙폭폭 거리며 흰 거품을 뿜는 곳이네

부처고개엔 '마애보살입상'이 천년을 넘게 부처로 성불한 돌장승 있네 부처고개에서 꼭 합장을 해야 하네 그래야 인

생길도 순탄하겄네 부처는 부처요 이곳 사람들 고을고을 마다 참 순하겄네

봉림산

산의 웅장함에 두 손으로 받들어 곁에서 상상했네 황제가 사는 위용의 요람 숲은 진초록 누리고 있네 상상의 서조瑞鳥가 오래오래 영광이네, 봉림산은 봉의 대나무 에너지원임에 알맞네 죽로차를 따시게 마시며 세월을 견뎌왔네 허황후는 대엽종의 차나무를 예전에 전했네 아직 정정하다오

산줄기가 남으로남으로 심호흡하네 비음산 대암산 용지봉 불모산 진해의 웅산으로 구애를 해대며 폴짝폴짝 대네 소목고개 덕산은 소목牛項이요 소가 벌러덩 인내심지구력이네, 소목 가까운 고개네 안민역에서 신풍역으로 고군분투 하며 앞서는 길이네 모두들 전략을 짜고 눈인사 중이다 하네

자연과 더불어 넉넉한 거주지 널렸고 덕산리 고분군은 그 날의 번성함을 전하고 소목고개 가슴께 내왕이 느릿느릿했음을 넘어갈 즈음 알겠네 봉림산을 소머리로 보네 소의 목으로 소목고개네 소의 몸통으로 전단산이네, 이쯤 되면 전체의 형국을 와우형臥牛形으로 구도를 달성하겠네

정병산

우뚝한 산은 사방팔방 물난리에 허우적허우적 대었다네, 물이 넘쳐 한바탕 쓸고 간 예다가 형체를 다져 놓았을 뿐이었다네 곡절 끝에 정병산을 만들었다 전하네

산세가 '장군기마형'이라 임진왜란 때 절멸의 위기에서 오롯이 사랑한 나라를 지키고자 군사를 무리 없이 정병精兵한 데서 정병산이라고도 하네 정병산은 독수리 바위를 낳고 내 정병산도 평정을 잃지 않고 거드름을 피우고 있네, 빤히 큰 바위들하고 계시요 돋을새김 능선 강하데요

용추고개 자유롭네 용추골 윗담 깔딱깔딱 홀대당하고 있네 통일신라 선비정신 때부터 솔밭길 이어졌다네 천년을 궁극을 마음을 씻고 씻었네 용추령이 예술행위로 달궈지고 있네, 동읍 읍치 동쪽에 있는 증봉甑峯의 증은 시루이고 수리·시리·사리로 줄줄이 상징화되어 버티고 '수리'는 동洞이나 창원도호부 동쪽 수리봉이요 수리수리마하수리 수리봉이 정병산으로 마루금을 세워 탈바꿈했네 그 이름도 휘황한 단산檀山 이었다나

용지봉

진례산성 보시게나 철쭉 개화산의 비음산 진례산성 남문도 공룡 발자국도 여럿 용추교도 아기 다람쥐도 만나자네 정상의 능선에서 골짜기를 안고 도는 포곡식 산성 있다네, 가야 축조성으로 거듭났다네 외부를 관측하자고 성 쌓기에 안성맞춤 인데다가 진례에 성을 낳았다나 세 곳 성문터 아직도 아름아름 하겠네 옛터라서 지우지 않고 있다네 신라시대 김해부 진례성 제군사 명의장군 호족 김인광이 군사를 주둔하고 인근지방의 판을 키운 곳이네, 천문관측 첨성대도 보네 진례성의 왕은 김해 수로왕 때 탄생했네 그래서 가야시대 성으로 이름 여기 하오 나름산 나름산지가 남산치이네 남산치 지나 비음산飛音山 이어지고 낙남정간 분기점 용지봉에 이른다오 바위투성이 산이네 저기 불모산으로 건너뛰어 장복산맥으로 쭉쭉 이어졌다네

냉정고개에서

이 고개 지나면 엄청나게 냉정해질 수 있을까 수용하고 포용하며 득도의 자락을 붙들고 평정의 마음 길로 들어설 수 있을까, 시류에 휩쓸리지 않고 하늘의 소명대로 누리고 있네 그들 결마다 한결같네

예전도 현재도 김해도호부 서쪽 30리 냉천원冷泉院이 훤출하네 그곳에 냉정마을 들어섰고 나지막한 고개 같은 등嶝이었네 일러 찬물샘이라 얼얼하오, 우물 정井자 모양의 돌샘이었네 냉천이 냉정으로 혼용되었소 냉정마을도 주촌 냉정과 장유 냉정으로 한 몸이 되어 냉정하게 살고 있다오

참냉정은 어렵지 쉽겠나 뚜벅뚜벅 역사의 자락을 남기고 냉정한데 상징성을 그대로 볼 수 있네 사물놀이 패도 정정하네 천천히 즐기기로 하자 느린 학춤 같이 차분하자 유유자적하자 강고한 고집으로 냉정의 벽을 연출하였다 하네 치열한 성찰과 명상만이 답일 수도 있겠소, 이단으로 홀대받지나 않을까 염려 중이네 얼쑤얼쑤 춤사위를 즐기며 오늘에서야 모양새를 맞췄네 여기 와서 꼭 한 번은 냉정의 둘레를 안아 보자꾸나

황새봉

불티재 넘어야 격조 높고 보무도 당당한 황새봉 든다네, 불티는 부처를 싸안고 있다네 돌부처는 불티며 불터며 풍류를 즐긴 불현이다네, 부처가 온전히 녹아 도사리고 있는 산이네 돌부처는 이곳에 안식을 정하고 안가태평을 자잘하고 빼곡하게 소원했다오, 풍성하게 감칠맛도 촉촉하게 거들었다오 상생을 염두에 고정시켰네

황새봉은 황새가 앉을 곳 찾다가 이 봉우리 뿐인 것을 터득한 곳이다네, 진례가 난리 통에 물바다 산등성이를 감쌀 때 황새 한 마리 떠돌다가 앉았네, 황새봉은 오늘날에도 진례면 고모리와 주촌면 배삼리를 두루 살피고 있다 하오 저수지와 소류지는 황새봉의 피다네 옹골진 땀이다네 안착은 이렇게 이름을 낳았고 떠돌이 황새가 날아든 곳 보금자리네 빈궁의 세계를 떠나 황새 한 마리 앉을 자리를 찾았다고 외쳐대었다 하네

자리께나 할 거라고 하늘에 맹세를 고했다네, 황새는 영험한 돌부처다네 떠돌이 중에 예다가 육신을 내린 돌부처다

네 황새봉 황새봉 하며 황새 부처를 소원 빌어 본다네

나밭고개

나전현 나전령이었다고 하네 경사도 최고조인 산봉우리 있다네 나전리에 가야 고소한 나전고개 맛본다오

전은 밭이라 그래서 나전고개 나밭고개 거룩하다네, 이명을 금음산이라고도 한다는 쇠금산을 못 가서 낙원 가는 망천 낙원고개 너머 제일 위쪽 마을 상리 넘는 고개 상리고개 거쳐야 나밭고개 있다네, 해반천의 발원지는 쇠금산으로 나밭고개로 시작점을 잡네 여럿 소하천을 지류로 삼는데 얼반 20리를 훌쩍 넘긴다오 조만강 하류에 닿아 서낙동강으로 서낙동강 하구수계에 속한다오 끝내는 발효 숙성되어 빠른 유속에 합류한다오 가지가지 꽃내음도 함께 어울린다네

'선녀나대하강전형仙女羅帶下降田形'으로 나밭고개를 명당자리다고 하네, 고개 넘는데 산길에 더위가 험하여 숨이 심하게 가쁘다고 엄살이네 해반천은 거북내다네, 지방하천으로 걸음을 거북이걸음에 빗대어 오롯이 두루뭉술하다오

신어산

신어산, 손짓하며 불러보는 산이네 성산 중 으뜸으로 친다네 신화가 어려 있는 산이라서 그렇다네

금관가야 맨 처음 조상 수로왕과 허황옥 왕비의 곡절이 배인 영산이다네 아득한 그 날을 숭배하오. 신어는 수로왕릉 정면에 새김 된 두 마리 물고기를 뜻하오 인도 아유타국과 가락국을 상기시키는 상징 중 최고조이네 영운리 고개를 넘어 동신어산 가기 전 우뚝한 얼굴을 볼 수 있다오

높낮이가 제 키만한 연봉들이 옹기종기 어울려진 산들로 곡절 한결 깊다오 낙동강 저쪽 소백산맥 끝자락 산들과 동명同名의 백두산과 격조와 운치를 뿜어내는 가락을 이어 왔다네. 산꾼들의 생활 체력단련 장소로서 그저 그만이다나 신어산이 품은 고찰 은하사의 이름도 은하銀河 스럽네. 성지로 치면 남방불교의 안성맞춤 결을 새기네 삼림목장으로 남녀노소 총애를 받고 마음길을 다독여 연다고 야단들이네. 주변의 경관을 두루 조망케 하는 터 닦은 명산이네 한 번 안가 보려나

고암나루

신어산에서 동쪽 줄기를 훑어야 동신어산 절름절름한다네 새부리봉도 가까이서 탁 버텼네 동신어산은 낙남정간의 끝맥이고 시작되는 맥점이다네 말도 탈도 안고 사는 우뚝 장쾌한 풍모의 높은 산이네 기상 펼친 신어산 덕에 명줄 누리고 산다오 솜털 꼬리를 감춘다는 맨 꼭대기 눈도장이네 낙동강은 눈앞에서 탁 트여 환장한다네 영신봉에서 고암나루는 239.85km 예사 아녔네

낙남정간의 여정을 갈무리한다는 설레임도 잠시 살포시 고개 산 정상을 넘겨 눈길 같은 낙엽길에 미끄럼 타듯 좀체 몸을 가누기 힘든 환상의 코스 있다네, 무리수 깨춤을 추다간 사정없이 곤두박질치는 급경사 길에 쟁쟁한 콧대마저 낮춰야 한다네 저기다 하고 손짓 고함치는 하강 길이요 강변 뻘밭에 발목을 푹 적셔야만 낙남정간 마무리한다네, 지리산 영신봉이 이쯤에서 머리에 내리꽂히데

동신어산 가지치기 신낙남정간은 예사 아닌데 유별한 해맞이바위 아울러 솟은 백두산은 원명사를 품고 네들 딴 세상

길을 펼치다 기세 낮추네

해설 · 시인의 말

해설

낙남정간의 심미적 갱생과 신성한 융흥(隆興)

—김보한론—

김태경(문학평론가)

1

지면에 산줄기를 일으켜 세우는 시인이 있다. 김보한 시인이다. 김보한 시인은 시집 『진부령에서 하늘재까지』와 『하늘재에서 천왕봉까지』, 시조집 『백두대간, 길을 묻다』를 발표하면서 "현존하는 거대한 산줄기를 직접 체험하고 느껴"* 본 이력이 있다. 이른바 '현상의 시', 즉 산악시와 산악시조를 구현한 것이다. 그는 "다시, 현상의 시학이다. 山몸詩다. 몸무게 58kg 배낭 무게 28kg 남짓으로 갈길 또는 산길을 헤아렸다."**라고 자술하였다. 이에 대해, 구모룡 평론가는 "지용과 노산의 산행 시가 없었던 바 아니지만 경로와 행보의 총체에 있어 전무한 문학사적 사건으로 기록될 일"***이라고 평하였다. 김보한 시인이 시도했

---

* 김보한, 『백두대간, 길을 묻다』, 시계, 2017, 5쪽.

** 김보한, 『진부령에서 하늘재까지』, 말씀, 2008, '책머리에' 중에서

*** 구모룡, 위의 책, 표사 중에서.

던 특별한 시적 행보는 이번 신작 시집 『낙남정간을 읽다』에서도 지속된다.

우리나라의 산림은 국토에서 약 63%의 비중을 차지하고 있다. 백두대간의 남북 축을 중심으로 동고서저의 부속 정맥들이 자리하며, 남한에는 대간으로부터 뻗어 나온 9개의 지맥이 위치한다. 백두산에서부터 지리산까지 1,400km로 이어진 산줄기는 고유의 아름다운 경관을 보여줄 뿐만 아니라, 수많은 생물을 품고 있기 때문에, 우리나라 산림생태계의 보고이다. 그 중에서도 239.85km로 낙남정간은 국토의 최남단 산줄기이며, 지리산국립공원에서부터 경남 김해시까지 연결되어 있다. 또한 내륙과 해안의 경계성을 이루므로, 식물, 식생, 동물, 경관, 지형, 기상 등 다양하고 독특한 생태적 특성을 지닌다.

김보한 시인이 이번 시집에서 선택한 "낙남정간 산길 지리산 영신봉에서 낙동강 하류 고암나루"까지 그의 첫걸음을 따라가 보자.

> 지순至純한 영신靈神은 엎드린 혼성암과 편마암 봉으로 하늘에 우러르니 이상은 곧은 기상이요 현실은 낙남정간의 시발점이네

> 마루금이 거대한 백두대간 지리智異의 자리 터에서 옆에 우뚝한 촛대봉과 세석을 품고 멀리 청학도 앉히고 가까이 거림골 대성계곡 한신계곡 자빠진 골의 운무도 여기 도열시켜 천왕봉으로 속히 속히 보내오, 예사롭지 않은 탄생의 설렘으로 분홍빛이었네

천왕봉 산하에 얹혀 속세 땟자국 씻고 모성의 춤사위에 취해 때맞춰 천둥 울고 불비 바람 닿자 번개 뇌성 속에 탄생이었네, 그제야 공존하던 그날 주위의 갈등 끝에 칠선봉 삼각고지 촛대봉이 영신봉을 주홍색의 이상향으로 우쭐우쭐 헹가래 치자 훨훨 날갯짓이네, 낙남의 이름 앞에 이웃들 어깨 얽어매고 열화와 같은 축하세례네

-「영신봉」 전문

시집의 첫 장을 열면, "지순한 영신"의 위엄이 산맥만큼 힘이 있고 선이 굵은 필치를 통해 강렬하게 드러난다. "엎드린 혼성암괴 편마암 봉으로 하늘에 우러르"는 기상이 김보한 시인의 유려한 문체와 더불어 다시 살아나는 것이다. "예사롭지 않은 탄생의 설렘"으로 "낙남의 이름 앞에 이웃들 어깨 얽어매고 열화와 같은 축하세례"를 하는 모습은 읽는 이로 하여금 가슴 벅차오름을 느끼게 한다. 웅장한 자연의 생성 앞에서 품게 되는 경건함과 울컥 뜨거워 요동치는 감회가 영신봉에 대한 섬세한 묘사와 함께 전해지는 것이다.

김보한 시인이 만들어내는 감동은 낙남정간의 일면을 소개하는 그의 섬세한 관찰력과 감각적인 표현에서 온다.

산세의 음극은 양극과 아옹다옹 음양수를 낳았다네 쓰다듬는 안개돌이의 길목에서 물안개드레스를 간간이 덮어 주고 있네, 눈물샘의 눈물은 골짝 숲길을 빠져나가 각별한 영상도 농축된 옛 사연도 견고한 광장 위에서 축음기로 막막 풀리네

날 새노라 앉았노라면 옹달샘 용솟음이 해맑은 옹알이로 조잘대고 지난했던 울림들을 귀살푸시 들을 수 있다오, 삭혀보시게 통한의 쓰라린 애간장도 이젠 도닥도닥 달래지고 있고 숱한 세석산장 돌아든 실존의 개념들도 곰삭아 옛 정취를 하나씩 양각시켜 조명발을 받고 있다오, 쌍쌍이 맺은 백 년 언약 선경의 길도 호롱불 밝혀 주네요

예전 원시림 남부능선의 가시덤불 앞에서 수월하기만을 빌었네 산신의 공덕에 눈살피는 뭇짐승들 눈구멍 건안하기만을 다독였네, 통일신라시대 고승 도선국사와 동행하고서 합장했다네 백골로 묻힌 귀기鬼氣들의 복장 치는 그 눈빛마저 감기데요

-「*음양수에 감기다*」 전문

시인은 '산세'의 '음극'과 '양극'이 "아옹다옹 음양수를 낳았다"는 재치 있는 입담으로 '음양수'라는 지명을 풀어내고 있다. 곧 이어 음양수에 안개 낀 모습을 "쓰다듬는 안개돌이의 길목에서 물안개드레스를 간간이 덮어 주고 있"다 라고 감각적으로 묘사하여 작품의 품격을 높여준다. "눈물샘의 눈물은 골짝 숲길을 빠져나가"고 '각별한 영상'이나 '농축된 옛 사연'도 "견고한 광장 위에서 축음기로 막막 풀"린다는 묘사도 이를 뒷받침하는 적절한 표현이라 할 것이다.

그는 신성하고 웅건한 산세와 산의 정기를 나타냄과 동시에 기행시의 필수 요건인 여정을 조화롭게 녹여낸다. 김보한 시

인이 안내하는 노정을 따라 그가 빚어내는 낙남정간의 위용(威容)을 접해보도록 하자.

2

앞서 언급한 김보한 시인의 입담은 「옥녀가」나 「신 진주난봉가」 등의 작품에서 유독 돋보인다. 그는 "마법의 실타래를 풀었다가 감았다가 뒤채는"(「한벗샘」) 듯한 가사체와 판소리 사설 형식의 어조로 작품 감상의 재미와 몰입도를 높여준다. 또한 시집 제목에서도 추론할 수 있듯이 전설이나 민담을 소재로 삼아 마치 이야기 보물 창고 속으로 들어가는 체험을 하게 만든다. 「법우스님과 천왕할미」와 「청학동 삼신봉 1」 두 작품이 대표적인 예시라 할 것이다.

민간신앙을 숭배한 한 시 「법우스님과 천왕할미」에서, 천왕할미는 지리산 산신 혹은 마고 할멈, 지리산 성모 등으로 불리었다. 자비심이 많아서, 사람들이 어려운 일이 있을 때 천왕할미에게 빌면 그들이 잘살 수 있도록 불행을 막거나 소원을 들어주었다. 그래서 사람들에게는 늘 공경의 대상이었다. 늙은 할머니의 모습이지만 "신통술로 빰은 복사꽃에 비유되고 칠흑 못지않은 머리카락에 눈썹은 중천에 뜬 마치 반달"과 같은 선녀의 모습으로 나타나기도 한다.

한번은 수도승이던 법우스님이 지리산에 입산하여 좌선을 하다가 동굴 밖을 나와 산속을 거닐고 있었는데, 산속의 경치에 도취 되어 길을 잃어버렸다. 법우스님은 어쩔 수 없이 천왕할미에게 기도하였다. 그런데 아름다운 모습으로 나타난 천왕할미가 법우 스님을 수도하던 동굴까지 안내해 주고, 그날부터 법우스님은 천왕할미를 그리워하게 된다. 법우스님은 "허니문을 내내 꿈꾸며 혼신으로 빌"기를 반복하여 '언약'을 하게 되며 "백무에 기거하면서 여덟 딸을 낳"게 된다. 이 딸들이 모두 "훗날 명성 자자한 무당이 되어 팔도로" 각각 보내졌고, 제각기 그곳을 지배하였다. 「청학동 삼신봉 1」에는 법우스님과 천왕할미의 여덟 딸 중 셋째 딸에 대한 전설이 담겨 있다.

> 하동골 최초의 넝마 무당은 법우와 산신 천왕할미의 기를 받은 셋째 딸 삼신봉이더이다
>
> 전설에 쫑긋 귀 기울이면 제 몸 둘 곳을 새기고 백무를 두고 생의 레프팅에 노하나 의지한 채 골바람 구름 타고 백소령을 넘었더래요, 이때부터 몸 마음 생고생을 자청하는데 꼬박 굶듯이 삼백예순날을 밤낮 호젓한 산허리 길을 내며 삼보일배 해가며 아픈 맘과 몸을 정갈히 닦고 영신봉을 거쳐 남부능선을 통과해 삼신봉에서 신령을 얻게 되었더래요
>
> 그날로부터 만인으로 하여 신줄기를 내려 점치고 굿하여 두루 돌보게 하였더래요, 아마득한 날부터 누누대로 기가 꿈틀거려 영남의 새끼무당 무녀巫女와 박수를 낳아 무진장 만인의 수를 헤아리기 버겁더래요
>
> -*「청학동 삼신봉 1」 전문*

셋째 딸은 "하동골 최초의 넝마 무당"이다. 2연에는 셋째 딸이 "삼신봉에서 신령을 얻게"된 과정이 드러난다. "꼬박 굶듯이 삼백예순날을 밤낮 호젓한 산허리 길을 내며 삼보일배 해가며 아픈 맘과 몸을 정갈히 닦고 영신봉을 거쳐 남부능선을 통과"하여 얻는 능력이었다. 그 능력으로 "만인으로 하여 신줄기를 내려 점치고 굿하여 두루 돌보게 하였"다. 이것이 시작이 되어 이후 "영남의 새끼무당 무녀와 박수를 낳아" 백여 무당이 탄생하였다고 전해진다.

이에 덧붙여, 김보한 시인은 다음 인용시에서 확인할 수 있듯이, "구전의 소문이 자자"한 '경계석' 하나에도 관심을 가지고 그것에 얽힌 이야기를 집약하여 풀어낸다.

> 두문리 두문리 경계비석 하나 내리 힘차게 꽂혔다나요 돌장고개의 이 돌장승이 움쩍도 하지 않는다네
>
> 천태산 마고할매 소문 들어 아시죠 물레질에 안달이 났다오 욕심 끝에 시루공이 3개를 사천군 두량 큰골에서 애써 지게로 지고 옮기다가 하나는 하도 숨에 들볶여서 옜다 부려 내린 곳이 사천군 구암 숲이라 하데요 돌무더기 그곳 번듯한 돌 구들장 아직도 있을라나 궁금하네, 다른 것은 고성군 영오 어딘가에 흘려두고 인자 살것다 하고 한숨을 돌렸다나요 여태껏 그 자리터라도 찾지 못했다니 참 아리송아리송하오, 나머지 것은 이 돌짱빼이에 실례를 했다 하네 오늘에사 돌장고개로 알짜 소문 자자하다네요

> 구전의 소문이 자자해 경계석으로 우뚝하니 자리해 있네, 오는 이 가는 이 어루만지고 합장하는데 그 시절을 더듬자니 세월 무서운 그늘에 가려 여쭙네요
>
> -「돌장고개」 전문

이외에도 김보한 시인은 "기억의 저편 꼬장꼬장 뿌리를 내린 대숲은 봉 한 마리 깃털을 털며 살았는데 그 봉 훌쩍 봉대산으로 터를 옮겨 살고 그로 인하여 대숲은 망하더니 마을만 융성하였다"(「봉대산」)는 이야기나 "예전 그 예전에 빈궁함에 시집간 딸과 애달픈 그리움에 못 이겨 나날이던 노모와 결코 만날 수 없으리라 여겼던 그들이 이 고갯마루에서 뜻밖에 만남의 소원을 이뤘던 그때를 잊지 못한다고 하"(「대곡산」)는 고려 시대 때부터 구전되어오는 대곡산의 전설을, "황새는 영험한 돌부처다네 떠돌이 중에 예다가 육신을 내린 돌부처다네 황새봉 황새봉 하며 황새 부처를 소원 빌어"(「황새봉」)보는 각별한 일과, "금관가야 맨 처음 조상 수로왕과 허황옥 왕비의 곡절이 배인 영산이다네 아득한 그 날을 숭배하오, 신어는 수로왕릉 정면에 새김된 두 마리 물고기를 뜻하오 인도 아유타국과 가락국을 상기시키는 상징 중 최고조이네"(「신어산」)라며 신어산의 신화를 노래하는 일 등을 수월찮게 시도하였다.

지금까지 살펴본 것처럼, 김보한 시인은 낙남정간을 답사하면서 그곳에서 전해지는 이야기를 수집하여 산문시에 담았다. "신화와 꿈의 의식이 오늘의 바짓가랑이에 배양토로 뒤범벅 시킨 날 산사랑님들이여 산죽이 그리워지면, 꼭 이곳 와보시라"(「외삼신봉」)는 권유와 함께. 김보한 시인만의 산악 시를 읽는 맛

깔스러움이 이에도 담겨 있다 할 것이다.

3

하상일 평론가의 언급처럼, 김보한 시인은 "깊은 산 속으로 들어가 풀과 바람과 짐승들과 만나 대화하는 원초적 체험을 의식적으로 선택"*한다. 그러므로 그가 낙남정간에서 직접 교감했던 자연의 웅장함과 아름다움을 조명해 볼 필요가 있다. 시인이 호명하는 자연물은 서정적 자아가 머무는 공간을 위시(爲始)하여 그곳을 이루고 있는 모든 생명체가 포함된다. 시인은 낙남정간의 수려함과 기품을 온몸으로 느끼면서 몸속에서 고동치는 심미적 파동을 리듬감 있는 구어체로 풀어내는 것이다.

그는 "예전에 분빈 남포南浦의 뜰이오 금싸라기 남해 현령이오 반딧불이의 별빛 무리 터요, 깊숙한 안남골 골짜기의 품 밖이다오 민을 통치하는데 안성맞춤 범마저 어렁어렁 잦았던 범우골 아랫담이다네, 갯냄새 여기까지 짭조름히 품어 안았네. 돼지 눈망울 껌벅끔벅 돼지난골, 광대 혼줄 들썩대는 광대밭골, 길쭉한 가래 골의 장가래골, 골짝골짝 흥미꺼리 전설이다오, 아슴푸레 평퍼짐한 황지들판도 훤하다"(「옥정리」 일부)라고 마을 정경을 미화하거나 "선들재 앞 굽이굽이 들판까지 배들이 닻을 막 내리는 찰라 염전용 차목과 화물을 일용할 양식을 부

* 김보한, 『진부령에서 하늘재까지』, (하상일, 해설), 말씀, 2008

리고 쌓는 중이오, 갯벌 바다 눈 밖 훤한 곳에 백년의 혼령 바람을 타고 일꾼들 구령 소리 요란하게 닿네, 바닷물이 찰랑찰랑 쓰다듬는 어느메쯤 사천매향비가 우산을 쓰고 부슬부슬 안개비에 젖네, 허깨비가 간간이 이때쯤 무대로 등장한"(「선들재길」)다는 탁월한 묘사로 과거를 지금-여기에서 재현한다. 이러한 시적 형상화 과정의 바탕에 자연 서정이 녹아 있고, 이러한 특성이 작품의 서정성을 드높인다. 다음 작품을 감상해보자.

새떼는 묵계재에 풍요를 몰고 와 신비의 열린 자유를 만지작거리고 있네, 가슴 뜨겁게 데워진 떼산죽이 훈훈한 땅기운마저 무대를 휘젓고 있다네, 난세에 공포의 바이러스에도 용케 목숨 견뎌낸 이곳 군무여, 범접불가 영역으로 뭉치고 뭉쳐 튼실한 군락의 요람지라 곱다 묵계고개 이 절정의 엉덩이 무리 춤이여

옴폭 파여 묻힌 묵계재터 채취 따뜻하오 잠시 숨 고르기 끝에 한 치 황톳빛도 허락지 않은 네들 공동체에서 산죽 냄새만 뭉클하다는 걸 느끼오, 묵계 떼 산죽밭 덮고 입고 가쁜 심호흡에 삼삼하다네 연방 그리울 묵계재여 이내 코끝에서는 네 체취도 허전하네 한 눈에 퍼 담은 풍경 가끔 궁금하겠네, 언제 다시 네 몰골 품에 안길까 파묻혀 헤쳐 헤엄치느라 진땀이었다네

자리 터여 안녕

-「*묵계재*」 전문

'새떼'는 자유롭게 날고, "가슴 뜨겁게 데워진 떼산죽이 훈훈

한 땅기운"을 "휘젓고 있다". 이곳은 "난세에 공포의 바이러스에도 용케 목숨 견뎌낸" 묵계재. 여기에서 서정적 자아는 따뜻하게 잠시 숨을 고르고 쉬었다. 산죽 냄새가 뭉클하다는 것을 느꼈던 시인은 그곳이 "연방 그리울" 거라고 예상한다. 김보한 시인이 "정에 빠진 물길 역사의 맥을 짚어 보"(「산죽밭」)면서 낙남정간을 걷고 또 걷는 이유가 바로 여기에 있을 듯하다. 그리움. 소중하고 아름다운 것에 대한 그리움. 낙남정간은 우리가 마땅히 지켜야 할 자연과 역사가 스민 유산이다.

> 낙남정맥은 국토의 중요 생태 축이자 지역적으로 경상남도를 대표하는 중요한 산줄기다. 이 지역은 남해안과 내륙경계를 넘나드는 산줄기이자 해발고도에 따른 난온대 및 온대 기후대가 분포하여 다양한 생물 다양성이 간직할 것으로 기대된다. 반면, 지리산 구간을 제외하면 해발 800m이하로 낮고 특히 가화강 부근의 산줄기들은 200m 내외의 높낮이가 거의 없는 과수원과 밭 등으로 개간되고, 창원, 김해 등의 대도시와 인접해 있어 지속적인 간섭으로 훼손이 이어지고 있다.*

'다양한 생물 다양성'이 유지될 것으로 보이는 낙남정간이 개간과 대도시의 영향으로 훼손이 이어지는 현실은 매우 안타까운 일이다. 김보한 시인의 작품을 통해 살펴보는 바와 같이 낙남정간에는 우리 민족의 혼과 생의 흔적이 담겨 있기 때문이다. 또한 낙남정간만이 보여줄 수 있는 자연의 풍만함과 청정

---

* 오구균, 강현미, 박석곤, 「낙남정맥 마루금 일대의 식생 구조 특성」, 『한국환경생태학회지』 26(6), 한국환경생태학회, 2014, 726쪽.

은 그 어떤 대체 공간으로도 표현되기 어렵다. 낙남정간의 존재적 가치와 위의(威儀)를 가늠하면서 '고운동재'로 이동해보자.

고운동재에서는 "오순도순 은둔하기 걸맞은" 다랑이 마을과 "대나무 숲에 숨은 터 은둔 오지 뒷골마을도 주산도 정에 빠져 속닥속닥 댄다". 고운동재의 뒤 "오름 길녘은 도란도란 다감"하다. 이곳에서는 마을 사람들도 "톡톡톡 마음 도닥"인다. 사람뿐만이 아니다. "물안개도 멈칫 재를 넘지 못하고 퍼질러 앉혀 황칠에 노닥"댄다. 이렇게 "영롱하게 고운 동네"에서 화자는 합장한다.

주지하듯, 김보한 시인이 노래하는 자연 서정은 이번 시집의 도처에 배치되어 있다. "봉대산 드는 골은 깊고 갈 길마저 아득하여라, 봉이 앉았던 봉하 죽림을 두고 죽곡 다리 건너 산마루 찾아들면 오름길 산새 동물들 노는 객숙치골 있네 주막 객방客坊이 방긋이 연방 정중히 반기네요 나그네 그곳에서 여정 풀고 일박하고 그래야 객숙치 재를 넘는다는데, 그 북쪽 음습한 골짜기 쇠실마을 쪽으로는 머리 목 팔에 휘두른 철갑 투구 목가리개 비늘 갑옷의 철갑투성이 혼령마저 으스스한 음지에서 한바탕 못다 한 혼불들을 지피고 있네 칠흑의 야밤에 청동기 무덤의 춤판"(「봉대산」)을 현실화하며, "무량산 산물을 담은 갈천소류지, 송구산 아래는 유서 깊은 송계초교 종생분교 그 시절 시끌벅적 종소리 쨍그랑 요란도 했것네, 그곳 드는 길은 송림이 숲을 이루어 곧장 닿아야 산마을 품네 안개도 포근해 도타운 솔숲 다시 눈에 들게 되어 감회 무량한 산이오, 안개의 춤사위가 맞아 떨어지는 종생 드는 길 빤하네 고성의 진산 어머니 젖가슴 헤아릴 수 없는 은은한 산세"(「무량산」)를 기린다. 뿐만 아니라, "참냉정은 어렵지 쉽겠나 뚜벅뚜벅 역사의 자락을 남기고 냉정한데 상징성을 그대로 볼 수 있네 사물놀이 패도 정정하네 천천히 즐기기로 하자 느린 학춤 같이 차분하자 유유자적하자 강고한 고집으로 냉정의 벽을 연출하였다 하네 치열한 성찰과 명상만이 답일 수도 있겠소, 이단으로 홀대받지나 않을까 염려 중이네 얼쑤얼쑤 춤사위를 즐기며 오늘에서야 모양새를 맞췄네"(「냉정고개에서」)라며 지명을 조명하여 노래하는 등등, 자연 서정과 어우러진 적지 않은 면면들을 쉽게 대할 수 있다.

그중에서도 다음의 인용시는 의인화 기법을 구사하여 자연 서정을 돋보이게 표현하고 있다.

> 옹골진 장마철이오 진양호 상부가 만삭의 산통 끝에 범람이네, 잠잠하던 내동면 가화천 물줄기는 탱탱하게 부풀어 올라 몸을 풀자 양수를 터트리고 물길을 연다오, 유수교 아래 수문水門에서 가화강으로 남실남실 춤을 추데, 그대 화가 솟구치면 가슴 부풀고 여간 아니라 장관이네
>
> 급한 대로 남강을 어르다가 남지를 지나 낙동강 본류에서 하구언을 내달려야 했네만 뜻밖의 변고로 이정표는 샛길 외도로 씽씽 잘도 잘도 미끄러져 곤양면-축동면으로 달음질치고 있네, 수로에 수로를 잇달린다오, 여정 중에 가화천교, 가화교 입안에서 오물오물 아름다운 이름 있네, 홍수철에 가화강 덕에 주변 사람들 한시름 놓네요 가뭄엔 백악기 공룡 발자국도 선명하다오, 가화강 상류에는 공룡의 이빨이 선명하다네 경린어류의 비늘 잔재도 널렸다 하네 거북의 배갑背甲도 화석으로 옹기종기

있다니 궁금하네

가화천은 가화강이 되고 늘 무슨 꿍꿍이를 낳네

-「가화천」 전문

위 인용시에서는, '가화천'이 의인화되어 자연에서 느낄 수 있는 생동감과 생명력을 증진시킨다는 것을 확인할 수 있다. "진양호 상부가 만삭의 산통 끝에" 낳은 물길이 "유수교 아래 수문에서 가화강"까지 '장관'을 이루고 있다. 자연이 보여 주는 신비를 생명의 탄생으로 비유하여 아름답게 표현함과 동시에, 넉넉해진 '가화강'이 주변 사람들의 시름을 덜어주는 부분이 병치되며 그것이 지닌 가치를 드높인다. 자연과 인간이 조화롭게 연결된 지점을 직접적으로 보여주는 것이다.

이처럼 낙남정간에는 "배경과 평화를 사랑하는 생태둘레공동체가 공존하는 마을"(「배바위 능선에서」)이 터를 잡고 있다. 김보한 시인은 인간미가 넘치고 따뜻한 공간을 둘러보면서 낙남정간의 아름다운 산하가 지속·보존되길 기원하는 것이다. 그리고 그 희원을 산악 시를 통해서 미학적으로 집성하면서 대상과의 동일성 회복을 도모한다.

4

김보한 시인이 세상에 보여 주는 시적 성취는 자아 탐색과 자연 서정에만 머물지 않는다. 그는 낙남정간을 향한 사색과 산행 체험에서 더 나아가 영원불멸로 숨 쉬는 민족적 기억을 바탕으로 역사적 상상력과 의고적 목소리를 들려준다. 그것은 이 땅의 기억이자, 낙남정간의 은근과 회한의 정기라 하겠다. 또한 준봉마다 어려 있는 시원始原에 대한 흔적을 더듬는 시적 행위이다. 거기에는 시간의 폐허를 경험하는 아픔이 담겨 있고, 비극에서 벗어나 밝은 세상을 이루고자 하는 의지적 언어가 살고 있다.

동학농민운동 당시 양씨와 이씨의 깔깔한 생명들의 피난처 양이터 닿네

혁명의 전장에서 난세에 몸을 던진 허공 속 투혼들을 온유로 담대한 포용으로 그들 누리에 은혜와 자비로서 치유해 주세요, 절절한 고백을 들이대며 황급하게 헐레벌떡 치올라서네 야트막한 갈등의 양이터재 머리를 쳐들고 반기네 주변 사물들이 빤한 몰골을 드러내고 웃는다오

연이어 〈방하착放下着〉이라 방하고지에서 속세의 집착을 버리고 해탈을 꿈꾸라 하는가 끝내 잇닿은 곳 돌고 돌아 넘는 재 돌고지재 닿네, 하동 보부상들 큰 마을 거쳐 진주—산청지방으로 돌아가는 단골 그들 연방 새벽녘길 불 밝히고 순박한 사투리에 시끌벅적하다네, 어른어른 옛 고개가 일렁일렁하네요

-「돌고지재」 전문

위 인용시는 동학농민운동 당시 “혁명의 전장에서 난세에 몸을 던진 허공 속 투혼들을” 호명한다. 그리고 “온유로 담대한 포용으로 그들 누리에 은혜와 자비로서 치유해 주”길 기도한다. 이름도 없이 사라진 영혼들을 위로하고 그들의 명예를 기리는 시인의 넉넉한 마음이 헤아려지는 지점이라 하겠다. 이러한 시적 실천 행위는 “순박한 사람들 뻘밭 속 향나무가 불과 얼마 안 되어 용한 미륵불이 될 세상 당도하리라”(「선들재길」)는 믿음에 근거할 것이다.

재차 강조하자면, 김보한 시인은 “왜적이 눈에 뻔해 궁리 끝에 꾀를 낸 방책”(「석장대」)의 산성산과 망루대, “임진 난리 통에 고종후 장군의 피 터지던 싸움터 있네 이 길 못 넘긴다고 매섭게 가로막고 호통치던 선열들의 전장터”(「발산재」)를 사수하던 역사의 전적지 발산 재, “백의종군한 성웅 이순신의 다리쉼 자리 터만 온후”(「베토재」)한 베토재, “정유재란 때 연합군을 이끈 명군의 제독 마귀가 왜군을 격퇴한”(「마곡고개 끌어안다」) 마곡고개, “임진왜란 때 절멸의 위기에서 오롯이 사랑한 나라를 지키고자 군사를 무리 없이 정병한”(「정병산」) 정병산 등을 거닐면서 역사적 인물과 지나간 시간을 소환하여 명명하고 낙남정간의 가치를 재확인시킨다. 낙남정간의 여정지를 주요 대상으로 삼으면서 그곳에 얽힌 자연 풍광과 역사적 기억을 접목하여 김보한 시인만의 서정적이고 서사적인 이야기를 담대하게 풀어내는 것이다.

> 함안의 주산이자 진산이네 마산 합포구 진전면 최북단에 여황산이라 점지했네

뾰족한 산정은 조타실이요 선장의 눈매가 혈류가 역으로 흐르는가, 이 요상한 지형이여 그대 정상엔 낙숫물을 담는 댓돌처럼 펑퍼짐한 마당바위, 상하좌우 요동에도 이곳은 안심할 수 있구나, 가뭄에 여황산 정상에 미산봉에 용연과 돛대를 세우고 깃폭을 날리며 사방에 기우제 흔적은 더러 흔하오 산신령께 점을 치네 비소식 염원했네 갓을 쓴 갓데미산, 베를 넘긴 배넘기산 필봉이라고들 하오 여럿 호를 남겼네

남으로 상여바위, 북으론 완만해 노아의 방주 때 대홍수를 피할 수 있었던 곳, 동쪽 아래엔 봉성저수지 그래서 갓을 쓴 초인이 요강에 오줌을 누어 이곳 흥건히 젖어 있다 하오, 아우르는 미산, 여항, 여양저수지, 중산과 절골 소류지 발원한 하천은 잠시 예서 기를 모으오, 두루 암자와 전망이 쾌적한 의상대가 한몫하데 마음 두면 지리산이고 눈짓하면 퉁소 소리가 가냘프고 안개를 걷으면 남해의 물결이 출렁대네 대마도도 한결 이끌리네 6·25 낙동강 방어선의 요충지로 격렬한 전투지였다오 불비의 포탄을 받은 곳 그날의 함성마저 들릴 듯하네요

-「여항산」 전문

여항산에 머물면서 상기하게 될 역사적 사건은 6·25이다. 무엇보다도 가장 아픈 기억이라 할 것이다. "뾰족한 산정은 조타실" 같고 "선장의 눈매가 혈류가 역으로 흐르는" 듯, 지형도 '요상한' 이곳은 "6·25 낙동강 방어선의 요충지로 격렬한 전투지"였다. "불비의 포탄을 받은 곳"으로 마치 "그날의 함성마저 들

릴 듯하"다. 시인은 여항산 외에도, "6·25 전란으로 적군과 아군의 진군과 퇴각을 일삼은 한 치 앞도 분간치 못한 격전지"(「서북산에 서다」)와 "6·25사변 당시 빨치산 무장유격대 토벌 주둔지 궁항리 산 137-2의 전략적 진지"(「칠중대고지」)였던 칠중대고지 등에 머물며 우리 국토에 남겨진 전쟁의 상흔을 집약적으로 제시한다.

요컨대, 김보한 시인의 필치로 인해, 낙남정간은 "사위를 껴안은 채 역사의 모티브로 길 주위 옹골찬 자연추억기록물 숲"이 된다. "기억과 현실의 존재 가치가 아름을 사랑으로 다독여져 치유된 상처를 생각"(「사립재」)하게 만드는 것이다. 이로써 낙남정간은 저마다의 공간들에 내재한 돌올한 산정(山頂)과 더불어 민족이 공유하는 상처와 회복의 시간을 모두 품어 안게 된다. 그 가운데 김보한 시인의 땀 내음과 발자취가 스며있다.

5

그 밖에도, 김보한 시인은 낙남정간을 다니며 "진양호에 수몰되어 이향의 아픔을 묻은 연평마을 고향 사랑 애향비를 읽"(「솔태고개」)거나 "전설이 된 녹슨 진삼선 철도가 왔다 갔다 달음질하고 싶어 안달이"(「계리재에서」) 난 철길을 노래하면서 감미로운 언어로 비추고, 이를 기조로 공간이 가진 존재성을 드러낸다. 그리고 그 웅장한 여정은 '고암나루'에서 종지부를 짓는다.

신어산에서 동쪽 줄기를 훑어야 동신어산 절름절름한다네 새부리봉도 가까이서 탁 버텼네 동신어산은 낙남정간의 끝 맥이고 시작되는 맥점이다네 말도 탈도 안고 사는 우뚝 장쾌한 풍모의 높은 산이네 기상 펼친 신어산 덕에 명줄 누리고 산다오 솜털 꼬리를 감춘다는 맨 꼭대기 눈도장이네 낙동강은 눈앞에서 탁 트여 환장한다네 영신봉에서 고암나루는 239.85km 예사 아녔네

낙남정간의 여정을 갈무리한다는 설레임도 잠시 살포시 고개 산 정상을 넘겨 눈길 같은 낙엽길에 미끄럼 타듯 좀체 몸을 가누기 힘든 환상의 코스 있다네, 무리수 깨춤을 추다간 사정없이 곤두박질치는 급경사 길에 쟁쟁한 콧대마저 낮춰야 한다네 저기다 하고 손짓 고함치는 하강 길이요 강변 뻘밭에 발목을 푹 적셔야만 낙남정간 마무리한다네, 지리산 영신봉이 이쯤에서 머리에 내리꽂히데

동신어산 가지치기 신낙남정간은 예사 아닌데 유별한 해맞이바위 아울러 솟은 백두산은 원명사를 품고 네들 딴 세상 길을 펼치다 기세 낮추네

-「고암나루」 전문

"낙남정간의 여정을 갈무리한다는 설레임도 잠시"일 뿐, "눈길 같은 낙엽길에 미끄럼 타듯 좀체 몸을 가누기 힘든 환상의 코스"가 기다리고 있다. 마지막 여정이라고 쉽고 수월한 것은

아니었다. "무리수 깨춤을 추다간 사정없이 곤두박질치는 급경사"가 눈앞에 있기 때문이다. 종국에는 "강변 뻘밭에 발목을 푹 적셔야만 낙남정간"을 완주하게 되는 것이다. 역시, 우리네 인생길처럼 걸음걸음의 끝까지 긴장을 놓을 수 없다. 그 덕분에 우리의 시 읽기도 끝까지 흥미진진해진다.

김보한 시인은 2003년 10월 진부령에서부터 백두대간 남진 구간 단독 종주를 시작하고 2013년 10월에 마무리하기까지, 10년이라는 기나길고 험한 여정을 마무리했다. 곧이어 2018년 4월 1일 '낙남정간 종주'를 마침으로써 명실공히 산악인으로서 자리매김하게 된다. 그리고 오늘에 이르기까지 3권의 시집과 1권의 시조집을 통해 산악 시와 산악 시조를 구현하기 위해서 긴 시간 매진했다. 그렇기에 이번에 펴내는 시집 『낙남정간을 읽다』는 또 다른 유의미한 가치를 부여한다고 평가할 수 있을 것이다. 낙남정간에 대한 이번 시집은 현재까지 시의 생산적인 측면에 있어서, 그 누구도 관심을 두지 않았던 초유의 사건이기 때문이다.

짧지 않은 산행을 하고, 그러한 과정에 얻은 회포와 견문을 산악 시의 형태로 탄생시키는 작업의 의미를 자못 진지하게 고민해본다. 그러다 문득, "버겁지 않은 산들 안고 사는 사람들 순하다오, 겸손을 사뿐히 내놓는다네 정겨운 이웃들 산 밑에 들을 두르고 하루를 푸르게 품었다 놨다 한다"(「벌밭들」)는 시의 구절을 떠올리게 되었다. 여기에 필자의 아둔한 물음에 대한 힌트를 조금이나마 얻게 되는 것이다. 낙남정간을 시로 풀어내어 이미 있는 존재를 다시금 아름다운 언어로 갱생更生하고 낙남정간의 존재적 가치를 부각하는 점 이외에도, 산에서 겸손함과

정겨움, 푸름을 배우는 인간의 덕목 또한 엿볼 수 있었다.

"길의 끝이 인생길의 끝인지 궁금하오 꼬불꼬불 내리뻗은 저 길이 인생의 끝인지 의문스럽소, 저 길이 확실히 어딘가 그립다오, 길이여 안녕, 운명길이 더 힘차게 뻗길 합장한다오, 뒤범벅 갈림길도 오늘따라 생소하다"(「오곡재」)는 그의 고백처럼, 김보한 시인의 고귀하고 특별한 시적 행보로 생성된 시편들이 세상에 차츰 드러나 독자와 공유하는 계기를 마련하길 기원한다. 그리고 시인은 이번 시집의 눈에 띄는 성과를 자양분 삼아, 앞으로도 또 다른 여정이 더욱 눈부시게 빛날 것이라 믿어 의심치 않으며, 그리되기를 심연에서부터 소원해 본다.

시인의 말

『낙남정간을 읽다』를 낸다.

올곧게 신神이 빚은 명산과 강줄기가 더불어 하는 낙남정간, 어쩌면 그 예전에는 풍광마저 더없이 지순至純하여 영롱하였으리라. 올찬 산세에 감탄도 해보고 더러 허탈도 당했지만 다 흘러간 세월 탓으로 돌렸다.

낙남정간의 산길은 지리산 영신봉에서 낙동강 하류 고암나루까지를 선택했다. 2018년 4월 1일 '낙남정간 종주'의 여정을 마무리 했다.

東熙가 늘 가슴에 맴돈다.